PLEASE SAVE MY EARTH

1

Saki Hiwatari

Im Jahr 1991 wechselt Alice an eine Highschool in Tokyo.
Sie ist ein außergewöhnliches Mädchen, das die Seelen von Pflanzen und Tieren verstehen kann!! Eines Tages, als sie gerade mit den Kamelien im Schulgarten spricht, lauscht sie zufällig einem ziemlich eindeutigen Gespräch zwischen einem Jungen aus ihrer Klasse und seinem Freund... Alice ist völlig von den Socken!! Doch dies ist nur der Auftakt...?! Freut euch, Fans!

INHALT

Diese Geschichte ist Fiktion. Es besteht keinerlei Zusammenhang mit real existierenden Personen, Gruppen und Ereignissen.

PLEASE SAVE
MY EARTH

Please save my earth.

DER MOND...
ES IST MERKWÜRDIG...
... WENN ICH DEN MOND ANSEHE, MÖCHTE ICH ZURÜCKKEHREN... OHNE JEDEN GRUND.
ICH MÖCHTE ZURÜCK.
ICH MÖCHTE ZURÜCK.

WÄHREND DER JURA- UND KREIDEZEIT, GANZE HUNDERTSECHZIG MILLIONEN JAHRE LANG, HABEN SIE DIE ERDE BEVÖLKERT! ES WAR DAS ZEITALTER DER DINOSAURIER!
ICH MÖCHTE ZURÜCK !
WIESO SIND DIESE DINOSAURIER VOR FÜNFUNDSECHZIG MILLIONEN JAHREN PLÖTZLICH ALLE ZUR GLEICHEN ZEIT AUSGESTORBEN ...?!
UND DAS, OBWOHL ES DOCH AUF DER GANZEN WELT, AUF DER GANZEN ERDE DIE VERSCHIEDENSTEN SAURIERARTEN GAB ...!

VIELLEICHT, WEIL EIN RIESIGER METEORIT AUF DIE ERDE FIEL ?
VIELLEICHT, WEIL DIE ERDE MIT EINEM ANDEREN HIMMELSKÖRPER ZUSAMMENSTIESS ?
ODER WEIL DAS SONNENSYSTEM IN EIN INTERSTELLARES GASFELD GERIET? ES GIBT VERSCHIEDENSTE THEORIEN ...
TOKYO, 1991
NUN, ICH DENKE, ICH BIN SICHER NICHT DER EINZIGE, DER EINE GEWISSE ÜBEREINSTIMMUNG ...
... ZWISCHEN DIESER TATSACHE UND DER GEGENWART ENTDECKT HAT UND ZU DER DARAUS FOLGENDEN ...
... KÜHNEN HYPOTHESE GELANGT IST ...
UND DAS, MAMA ...
... BEDEUTET VIELLEICHT, DASS DAS ZEITALTER BEGINNT, DIE MENSCHHEIT IM STICH ZU LASSEN ... SO LAUTET MEINE HYPOTHESE.
UND DAS SAGE ICH NICHT NUR, WEIL ICH SELBST KLEIN BIN...
HMM... WAS WILLST DU DAMIT DENN EIGENTLICH SAGEN ?
DIE ÜBEREINSTIMMUNG MIT DEN AUSGESTORBENEN SAURIERN BESTEHT IN DER RELATIVEN GRÖSSE DES KÖRPERS !
DIESER TAGE BEHERRSCHT ZWAR DER MENSCH DIE GANZE ERDE, DOCH ES BESTEHT DIE TENDENZ, DASS SEIN KÖRPER ALLMÄHLICH RIESIG WIRD !
ICH HABE DIE GANZE NACHT DARÜBER NACHGEDACHT UND KONNTE GAR NICHT SCHLAFEN.
NICHT WAHR, NEE-CHAN! IST DOCH EIN INTERESSANTES THEMA, ODER ?

BUUHU BUUHU
... ICH MÖCHTE ZURÜCK ...
HMM
IST NICHT SO GUT ANGEKOMMEN, WAS, HAJIME ...!
... ALICE!
... ALSO WIRKLICH! WENN DU SO VIEL ZEIT HAST, TRÜBSAL ZU BLASEN, DANN GEH BITTE TOFU KAUFEN ...
HMF
HÄ?
DREH
WARUM DENN ICH?
TOFU KAUFEN WIRD HAJIME JA WOHL AUCH MAL HINKRIEGEN!
ALICE, WENN DU AUF DIE GEFÜHLE DEINES KLEINEN BRUDERS, DER DICH DOCH NUR AUFMUNTERN WILL, KEINE RÜCKSICHT NEHMEN KANNST ...
... KANNST DU VON MIR AUS ZEHNTAUSEND KILOMETER LAUFEN UND NOCH IMMER NICHT BEIM TOFUHÄNDLER ANKOMMEN!
heul
heul
heul
PFF
GIB SCHON GELD!

... ES TUT SICH NICHTS, NICHT WAHR, HAJIME !?
...
WAS DENN ?
ICH MEINE ANRUFE !
OBWOHL WIR SCHON SEIT ZEHN TAGEN IN TOKYO WOHNEN ...
... HABEN NOCH KEINE NEUEN FREUNDE BEI ALICE ANGERUFEN.
TJAA ...
PELL PELL
SIE IST IN DER SCHULE EHER EIN UNAUFFÄLLIGER TYP, DAHER ...
... WIRKT SIE VIELLEICHT NOCH WIE EINE RECHT BLASSE NEUE... ABER DARAN KANN MAN OHNEHIN NICHTS ÄNDERN.

SCHLIESS-LICH SIND WIR AUS DER TOTA-LEN WALACHEI HOKKAIDOS GANZ PLÖTZLICH NACH TOKYO GEKOMMEN, NICHT ?!
ICH WAR SELBST AM ANFANG ZIEMLICH VERWIRRT ...
AHM
DASS SIE SO UNBE-DINGT ZURÜCK MÖCHTE, LIEGT BESTIMMT DARAN, DASS SIE KEINE FREUNDE FINDET ...
MIAM MIAM
... DAS WIRD WOHL KAUM ALLES SEIN ...
... DAS IST NICHT ALLES, SAGST DU ?
WIE SOLL ICH´S SAGEN... NEE-CHAN WAR IMMER WAS BESON-DERES.
... DU MEINST, WEIL SIE ES SO MIT PFLANZEN UND TIEREN HAT.
ACH SO ...
NICHT GANZ NORMAL, DAS KIND...
... NEIN, SO IST ES NICHT.
SIE IST DIE-JENIGE, DIE GE-LIEBT WIRD.

MIT DEM NACHBARJUNGEN RIN-KUN SCHEINT SIE SICH ALLERDINGS SCHON ANGEFREUNDET ZU HABEN...
MIAM MIAM
... OB MAN SO WAS BEFREUNDET NENNEN KANN ...?
2 Stück 150
VIELEN DANK.
SUPER MARCHE
ICH BIN GANZ SICHER!
LEB WOHL, OH ERDE, DAS SCHIFF BRICHT AUF ZUR REISE...
BAOUM
... BESTIMMT HABEN DIE SAURIER ...
... ES VOR HEIMWEH NICHT MEHR AUSGEHALTEN ...
... UND SIND ZU IHREM HEIMATPLANETEN ZURÜCKGEKEHRT.
BU HU HU HU
HEUL
HEUL
HGN

HIER GIBT ES NICHTS, WAS MAN ALS NATUR BEZEICHNEN KÖNNTE.
ICH WAR NOCH NIE AN EINEM ORT MIT SO SCHLECHTER LUFT.
ICH WILL ZURÜCK...
DIE BÄUME HIER MACHEN ALLE ...
... DEN EINDRUCK, ALS WOLLTEN SIE IRGENDWOHIN ZURÜCKKEHREN.
IHR TUT MIR SO LEID ...
NICHT DOCH, ALICE.
NIMM DEN TOFU UND GEH NACH HAUSE!

EIN BISSCHEN GESCHWÄTZ

TEIL I

Heute bin ich eine fröhliche Hi-hi-hiwatari!
Als ich mit der Fortsetzungsstory »Akuma-kun Maho Bitter« fertig war, bin ich umgezogen. Aus dem Südfenster der neuen Wohnung kann ich auf den ziemlich großen Garten meiner Nachbarn schauen.
An einem verträumten Tag blickte ich auf die vielen Blumen und Bäume und sonnte mich dabei.
»Ach... diese Blüte und diesen Baum habe ich schonmal gesehen, aber wie hießen sie noch?« Ich hatte keine Ahnung. Ich holte ein Pflanzenbuch hervor und schaute nach. »Ah, das muss eine Magnolie sein!«
Inzwischen war die Sonne untergegangen und am Himmel konnte man die ersten Sterne sehen. Ich bin hier im zweiten Stock, daher habe ich einen ziemlich guten Blick zum Himmel. Ich fühlte mich plötzlich ganz friedlich, so, als wäre ich von dieser seltsamen Atmosphäre eingehüllt. »Ob ich so etwas wohl zeichnen könnte?« Mit dieser Idee im Kopf fing ich an zu zeichnen, und so entstand »Please Save My Earth«.

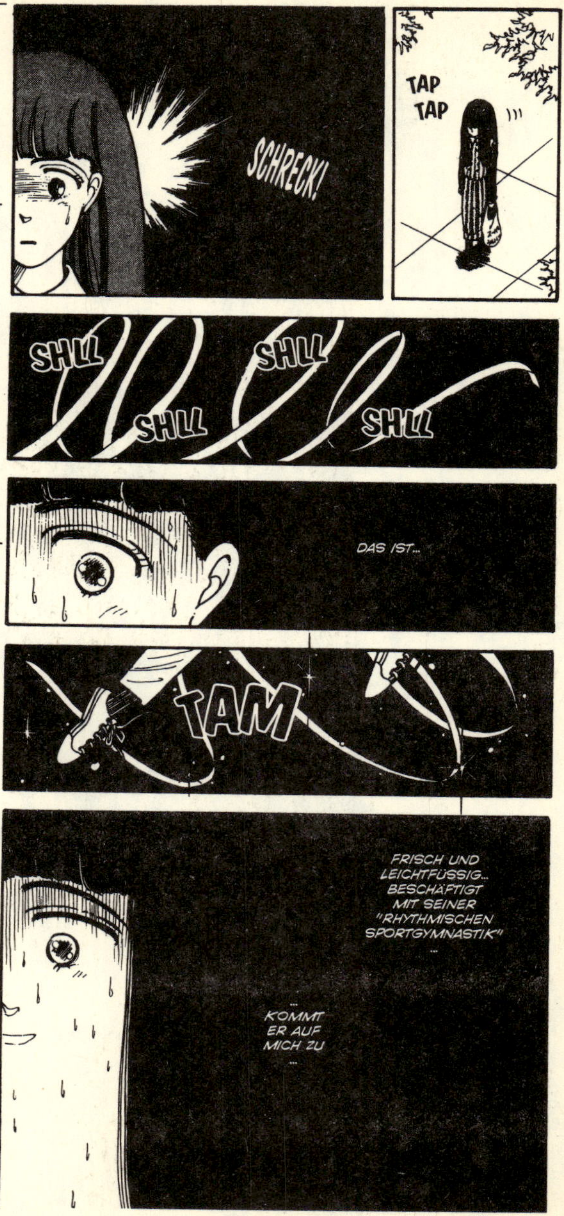

TADAAA
RIN KOBA-YASHI
SHLL SHLL SHLL
HALLO, O-NEE-CHAN VON NEBENAN! GUTEN ABEND!
WIE VOR-BILDLICH! DU HILFST BEIM EINKAUFEN FÜR DAS ABEND-ESSEN?
SCHMATZ SCHMATZ

ZUR BELOHNUNG SCHENKE ICH DIR EIN KAUGUMMI.
NEIN DANKE!!
DU HAST DOCH BESTIMMT WIEDER IRGENDWAS VOR!
HMM...
NEULICH HATTE JEMAND EIN KAUGUMMI IN MEINEN SCHUH GESPUCKT...
DAS WARST DU, ODER NICHT?!
NGNNN!
WIE FIES!!
DU MISSTRAUST EINEM HILFLOSEN 7-JÄHRIGEN JUNGEN UND BESCHULDIGST IHN SOGAR?!
DU BIST JA FAST SO SCHLIMM WIE DER ONKEL VOM FINANZAMT...!
......
SCHMATZ SCHMATZ
Du denkst, du hast einen Schuldigen und damit hat sich's? So geht's aber nicht!
ALSO... ALSO DANN, GIB ES MIR...
EHRLICH? DAS FREUT MICH...
DANN... MACH BITTE DEN MUND AUF!
JUBEL JUBEL
RASCHEL RASCHEL
NANU... ER KANN JA AUCH RICHTIG NIEDLICH SEIN!
GUT.

PFU
UT
ALSO ...
AAA ...
MIAM MIAM MIAM
HAPS!
Unwillkürlich erliegt sie dem Drang, eine typische Slapstick-grimasse zu ziehen.
SCHLUCK
SSAPT
AAAAH
Das neue Kau-gummi.

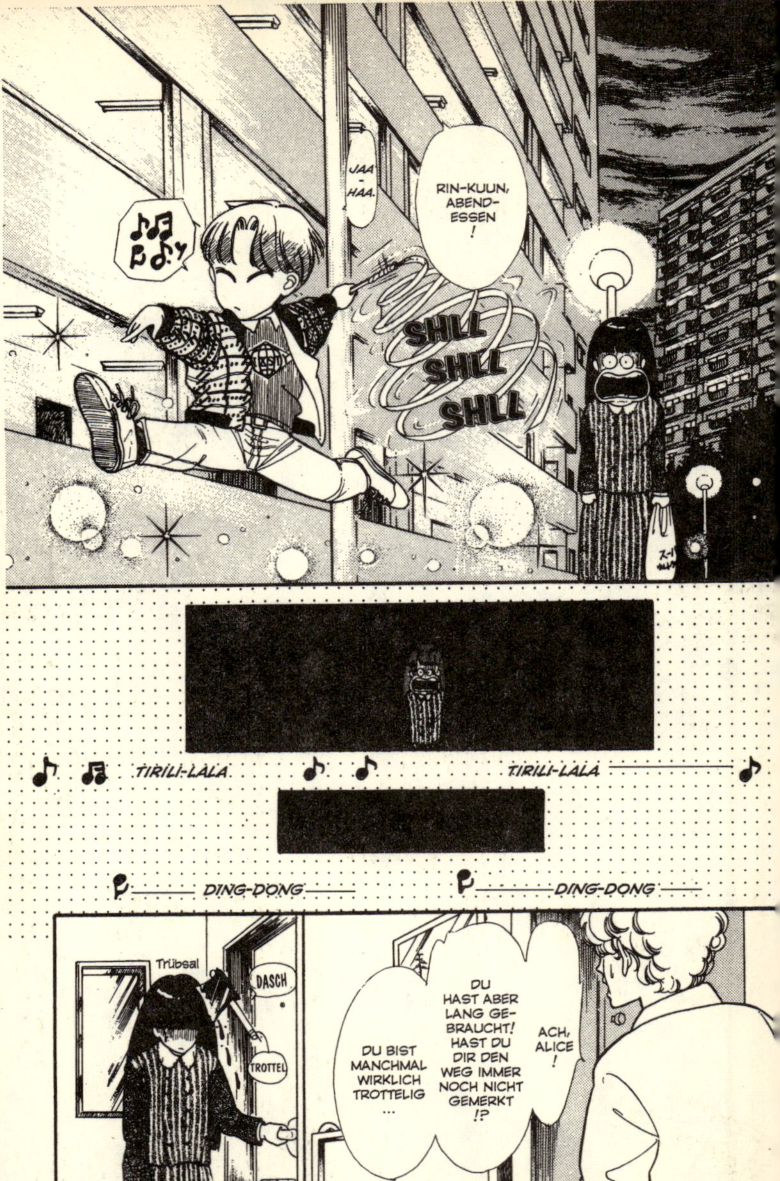
RIN-KUUN, ABEND-ESSEN!
JAA-HAA.
SHLL SHLL SHLL
TIRILI-LALA
TIRILI-LALA
DING-DONG
DING-DONG
ACH, ALICE!
DU HAST ABER LANG GEBRAUCHT! HAST DU DIR DEN WEG IMMER NOCH NICHT GEMERKT!?
DU BIST MANCHMAL WIRKLICH TROTTELIG ...
TROTTEL
DASCH
Trübsal

*TOFU IN HEISSEM WASSER GEKOCHT MIT SAUCE

EIN BISSCHEN GESCHWÄTZ

TEIL 2

Zum Thema Alice
Viele haben mir geschrieben, dass sich meine Bilder verändert hätten.
Aber das hat sich einfach so ergeben, als ich an der Vorstellung von Alice zeichnete. Sie sah immer nach den aus den Saki-Serien bekannten Saki-chan-Bildern aus, und damit auch so, als würde ich mich auf meinen Lorbeeren ausruhen... das war wirklich ein Problem für mich.
Deshalb macht Alice in der Anfangszeit irgendwie ein unsicheres Gesicht. Wenn man die Augäpfel von Alice andersherum ansieht, sind es Cocktailtomaten, nicht wahr? Hi Hi.
Weil die Stimmung der Bilder und die Charaktere anders waren als bei meinen bisherigen Manga, machte ich mir anfangs schreckliche Sorgen wegen der Reaktionen, doch Alices Menschlichkeit lässt mich mittlerweile von ganzem Herzen aufatmen.

Danke, Alice!
Akuma-kuns Fratze habe ich immer noch drauf, keine Sorge! ♡

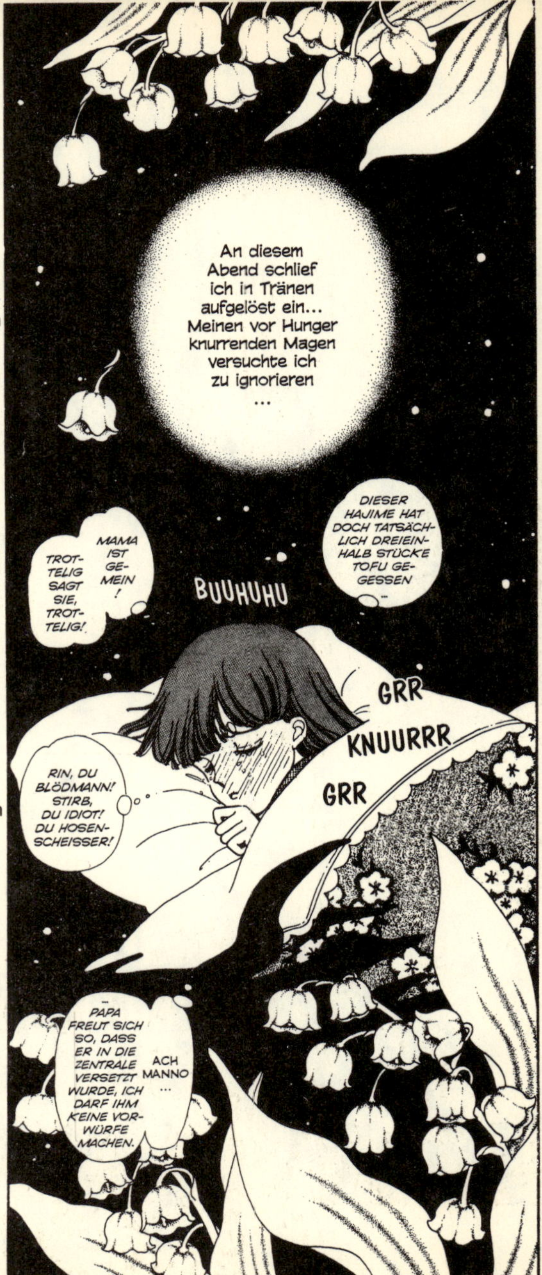

PLING
NICHT SO FRÜH AM MORGEN ...
HIER, FÜR DICH !!
ZOOOM
O-NEE-CHAN VON NEBENAN ! HIER ...
... EIN KAU-GUMMI FÜR DICH !
TRIPPEL TRIPPEL
DUU ...
BIST DU BÖSE ?
... WENN ES WEGEN GESTERN IST ...
... ICH ENT-SCHUL-DIGE MICH !
AH !
PAF
LASS MICH IN RUHE ! DU KOMMST NOCH ZU SPÄT !
ZUR MANJUSHAGE-GRUNDSCHULE GEHT´S DOCH DA LANG !
TRIPPEL
TRIPPEL
DIESMAL GEBE ICH DIR WIRKLICH EINS !
HIER HAST DU ES ! NIMM ES DOCH SCHON !

Oh... !
PAM
SCHLUCK
UWÄÄÄH
... DU BIST GEMEIN !!
Oh... je...

DU!
ES TUT MIR LEID, ALSO BITTE WEINE NICHT MEHR!
ENT-SCHULDIGE! BITTE!
Panik
GLOTZ
DAS WAR GEMEIN VON MIR! ENT-SCHUL-DIGE BITTE!
DAFÜR KAUFE ICH DIR IRGEND-WAS SÜSSES.
ALSO KOMM, HÖR AUF ZU WEINEN ...!
U-HUMM.
SCHLUCHZ SCHLUCHZ
SCHAU, WAS MÖCHTEST DU HABEN?
ES GIBT LUTSCHER, SCHOKOLADE ...
KAU-GUMMI!
Guten Morgen!

... SO EIN STRESS AM FRÜHEN MORGEN ...
PUH
GUTEN MORGEN, SAKAGUCHI-SAN!
EH?
AH ... GUTEN MORGEN ... ÄHM ...
NA SO WAS, HAST DU DIR MEINEN NAMEN NOCH NICHT GEMERKT ?
ICH BIN MARIKO SUZUKI ! MA-RI-KO SU-ZU-KI.
ACH !
OH NEIN ... !!
WAS IST DAS DENN ?!
WIE SCHRECKLICH ... IN DEINEN HAAREN KLEBT KAUGUMMI !!

BÄÄ
ÄH
Eh? Was denn? Was denn?
Was ist los?
WI ... WIE GEMEIIIIN!
Jemand hat ihr Kaugummi in die Haare geklebt!
Die Arme!
Eh? Gemein!
Das ist aber gemein!
WAS IST DENN DA LOS?
DIE MÄDCHEN REGEN SICH AUF ...
DABEI HAST DU SO HÜBSCHE GLATTE HAARE!
WER WAR DAS?

ACH, JETZT WEINT DIE ARME!
KOMM, KOMM!
WIR GEHEN INS KRANKENZIMMER UND KÜHLEN ES MIT EIS, DANN GEHT ES BESTIMMT RAUS!
BLA BLA BLA
NANU, DAS IST JA MAL WAS NEUES!
SAKAGUCHI, DIE NEUE, SCHEINT IM MITTELPUNKT ZU STEHEN ...
... SIE HAT ANSCHEINEND GEWEINT ...
... WAS WAR WOHL LOS MIT IHR ...?
Hmm? Was blühen denn da für Pflaumenblüten? Was ist, Jinpachi-Kun?
Was soll das?
......
Na so was, Jinpachi-Kun mit Frühlingsgefühlen...

DING DONG
OH, DIE VERFÜGUNGSSTUNDE HAT ANSCHEINEND BEGONNEN!
IST DOCH EGAL, IST DOCH NUR DIE VS.
DIE HAARE SIND SCHLIESSLICH LEBENSWICHTIG FÜR EIN MÄDCHEN!
D... DANKE.
KEINE SORGE! SIEHT AUS, ALS OB ES ABGEHT, SAKAGUCHI-SAN.
DU HAST'S GUT!
DU HAST WIRKLICH SCHÖNE GLATTE HAARE.

WEISST DU WAS, ICH HÄTTE MICH GERN SCHON FRÜHER MIT DIR ANGEFREUNDET!
EH?
ABER DU WIRKST IMMER SO ERWACHSEN ...
DA HATTE ICH ETWAS HEMMUNGEN.
ICH AUCH!
DU BIST SO ... WIE SOLL ICH SAGEN ... SO GRAZIÖS ...
ICH BIN IRGEND-WIE SO PLUMP ...
AUCH VON DEN JUNGS SCHEINEN SICH ZIEMLICH VIELE MIT DIR ZU BESCHÄF-TIGEN!
GENAU, GENAU!
GANZ BESON-DERS DER EINE!
JIN-PACHI OGURA!
DAS STIMMT! DIESER JINPACHI-KUN ...
... SCHAUT SIE STÄNDIG AN, NICHT WAHR?
DU, SAG MAL ...
... WARUM WURDEST DU "ALICE" GENANNT?
ZIEM-LICH UNGE-WÖHN-LICH, NICHT?
ABER HÜBSCH!
ÄHM ...
MEINE MUTTER... WAR SCHON IMMER EIN GROSSER FAN VON "ALICE IM WUNDERLAND" ...

DAS IST JA COOL ! DANN HAT SIE DIR DEN NAMEN GEGEBEN, DAMIT DU MIT ALLEN LEBEWESEN SPRECHEN KANNST ?
JA, VIELLEICHT ...!
OB ICH DESWEGEN DIE GEFÜHLE DER PFLANZEN UND BÄUME VERSTEHE ...?
HÄ ?
ÄHM... GIBT ES AN DIESER SCHULE EINE GARTEN-AG ?
WIE ?
ACH SO... NEIN, SO ETWAS HABEN WIR NICHT ...
WAS!? JA, ABER WER KÜMMERT SICH DENN DANN UM DIE KAMELIEN UND DEN SEIDELBAST UND ALLES ANDERE !?
TJAA ...

EIGENTLICH…
… WAR ICH ZUERST GANZ SCHÖN WÜTEND…
… ICH DACHTE SOGAR, ICH WÜRDE MICH ERST WIEDER BESSER FÜHLEN, WENN ICH DIESEM VERFLIXTEN RIN EINE VERPASST HATTE…
MERKWÜRDIG …
JETZT FÜHLTE ICH FAST EIN KLEINES BISSCHEN DANKBARKEIT … HEHE …
ICH HATTE JA EIGENTLICH …
… DIE GANZE ZEIT AUF SOLCH EINE GELEGENHEIT GEWARTET …

DING DONG
DING DONG
Bis dann, Sakaguchi-San.
Tschühüüüss
PUH.
ALSO DANN, AB NACH HAUSE !
WENN ICH MICH NICHT IRRE, GIBT´S WAS LECKERES ZUM ABENDESSEN ! ♡
SCHRECK

BOBOM BOBOM
... 17 UHR ...
WENN ICH JETZT NACH HAUSE GEHE, TREFFE ICH NUR WIEDER MIT RIN ZUSAMMEN ...
ZACK
SHRR SHRR
WIRBEL
ICH BLEIB EINFACH NOCH EIN BISSCHEN IN DER SCHULE.
DAS GRÜN LOCKT MICH AUCH ZU SICH ...

... DIE KAMELIEN BEI DER BIBLIOTHEK ...
AH, DA SIND SIE JA.
GUTEN TAG!
SHRR SHRR
SHRR

... ICH DENKE ...
... WIR SIND ...
... EBEN DOCH NICHT NORMAL ...
Warum auch immer, Alice versteckte sich.
RASCHEL
D... DER EINE IST DOCH AUS MEINER KLASSE, DAS IST ...
Hmmm...
......
"GERADE JINPACHI OGURA! ER SCHAUT SIE STÄNDIG AN, NICHT WAHR !?"
DEN ANDEREN JUNGEN KENNE ICH NICHT ...
ER SCHEINT AUS EINER ANDEREN KLASSE ZU SEIN ...
... DAS IST DOCH EIN JUNGE ...?

WIE MAN ES AUCH DREHT UND WENDET ...
... WIR SIND NICHT NORMAL ...
......
... WIRD ES WOHL ...
... DAZU FÜHREN ...
... DASS ...?
NATÜRLICH!
DAS MUSS ES DOCH ...?!

... FÜR MICH ...
... WAR ES JA SCHON EIN SCHOCK, ABER ...
... FÜR DICH ...
... MUSS ES DOCH EIN NOCH VIEL GRÖSSERER SCHOCK GEWESEN SEIN ...?
HEUTE NACHT ...
... WER-DEN WIR ...!
IST JA GUT!
DU BRAUCHST ES NICHT ZU SA-GEN!!

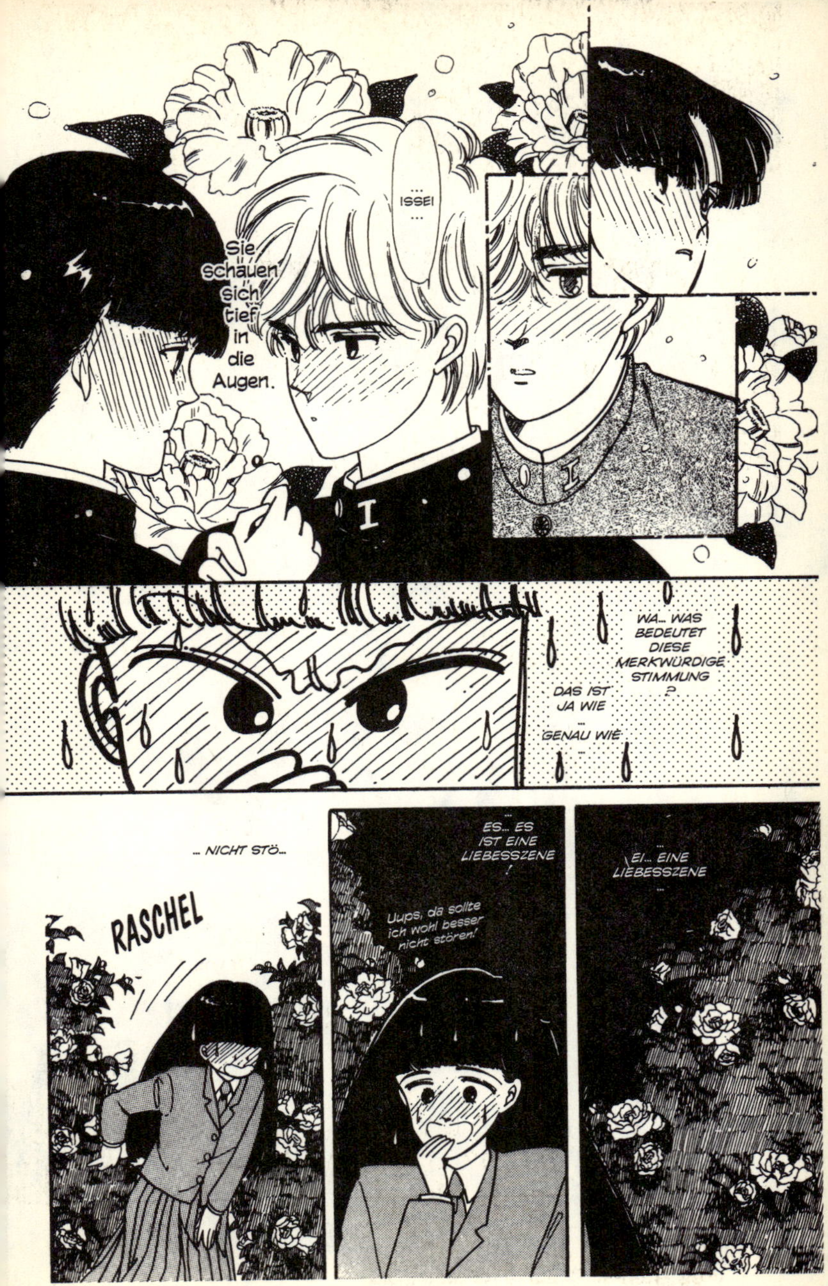

... ISSEI ...
Sie schauen sich tief in die Augen.
WA... WAS BEDEUTET DIESE MERKWÜRDIGE STIMMUNG ?
DAS IST JA WIE ...
GENAU WIE ...
... ES... ES IST EINE LIEBESSZENE !
EI... EINE LIEBESSZENE ...
Uups, da sollte ich wohl besser nicht stören!
... NICHT STÖ...
RASCHEL

ÄH ... T...TUT MIR LEID!
VERBEUG
ICH BIN SCHON WEG.
STÜRM
... DAS WAR SAKAGUCHI-SAN ...
AUS DEINER KLASSE?
JA ...
SIE IST NEU.

... OB SIE DAS JETZT MISSVER- STANDEN HAT ?
SIE SCHEINT DIE GANZE ZEIT ZU- GEHÖRT ZU HABEN ...
... UND DANN DIESE POSE ...
NUN JA ...
ES IST WOHL DAS BESTE, WENN WIR UNS AUF GENAU DAS GEFASST MACHEN ...
UWAAAAH! UWAAAAH!
SO WAS SEHE ICH ZUM ERSTEN MAL!
UWAAAH!

Den Gerüchten nach freuen sich Shojo-Manga-Leser so sehr darüber, dass sie fast weinen müssen...
... ein schwules Pärchen...
UWAAAH!
KEUCH KEUCH KEUCH
Fix und fertig.
Bin ich kaputt!
BIN WIEDER DA ...
AH, ALICE, DA BIST DU JA. DU KOMMST GERADE RICHTIG.
Komm! Komm!
HÄ ?
ÄCHZ...

WAS MACHT DENN RINS MUTTER BEI UNS ?
FRAU KOBAYASHI IST EBEN VORBEI-GEKOMMEN, WEISST DU …
SIE MUSS AM SONNTAG AN EINEM CHORWETTBEWERB TEILNEHMEN, UND …
DU HAST DOCH ÜBER-MORGEN, AM SONNTAG, NOCH NICHTS VOR, ODER ?
ÄH… N…NEIN… WARUM ?
… DA SIE ERST SPÄT AM ABEND ZURÜCKKOMMEN WIRD …
… FRAGT SIE, OB DU VIELLEICHT IN DER ZEIT AUF RIN-KUN AUFPASSEN KÖNNTEST !

ICH WILL NICHT!
IHR MANN IST AUF GESCHÄFTSREISE ...
/...
UND ICH BEKOMME DOCH BESUCH VON CHOT-CHAN UND IHREM MANN AUS SETAGAYA ...
U... UND HAJIME ...?
HAJIME HAT TRAINING.
WISSEN SIE ...
... RIN HAT GESAGT, DASS ER UNBEDINGT MIT ALICE-CHAN ZUSAMMEN SEIN WILL ...
NUN JA, DER KLEINE ...
... SCHEINT ZIEMLICH VIEL FÜR ALICE-CHAN ÜBRIG ZU HABEN ...!
HIHI
HIHI

So kam es, dass ich auch an diesem Abend die Hälfte meines Abendessens stehen ließ ...
... und wieder, meinen schmerzhaft kneifenden Magen nach Kräften ignorierend, in Tränen aufgelöst einschlief ...
D... DIESER BLÖDE HAJIME !
DIESER BLÖDE HAJIME HAT DEN REST VON MEINEM ESSEN GEGESSEN !
BUUHUHU
M... MAMA IST GE-MEIN !
AUF RIN AUF-PASSEN, DAS IST ...!
GRR
KNUURRR
GRR
RIN, DU BLÖDMANN! STIRB, DU IDIOT! DU HOSEN-SCHEISSER!
ACH MANNO ...
... PAPA FREUT SICH DOCH SO, DASS ER IN DIE ZENTRALE VERSETZT WURDE, ICH DARF IHM KEINE VOR-WÜRFE MACHEN.

ALSO, ALICE-CHAN, ICH VERLASSE MICH AUF DICH!
BIS 20 UHR BIN ICH ZURÜCK ...
Peace!
BENIMM DICH, JA, RIN?
SSAAP
PFUT
"IM SCHATTEN DER BLÄTTER DES BUCHEN-WALDES..."
BLAMM

¡PH!¡
HEB DAS KAUGUMMI AUF, DAS DU GERADE AUSGESPUCKT HAST, UND WIRF ES GEFÄLLIGST IN DEN PAPIERKORB!
¡PH!!!¡
IN DEN PAPIERKORB, SAGTE ICH!
WUAHAHA!!
HAST DU GEGLAUBT, ICH FALLE ZWEIMAL AUF DENSELBEN TRICK REIN?!
Ich bin doch kein Trottel!!
PFF
WAS MACHST DU DA, ALTE SCHACHTEL!
PATSCH
PATSCH
DAS TUT WEH!
HE, DAS TUT WEH!
PATSCH
LASS MICH LOS, BLÖDE KUH!
PFF, DU WEINST JA GAR NICHT.
Also waren das eben doch Krokodilstränen...!
REIB REIB
WEGEN DEM BISSCHEN SOLL ICH WEINEN!? DU BIST JA BESCHEUERT!

DU HAST ES GEWAGT, MIR KAUGUMMI IN DIE HAARE ZU KLEBEN !!
ÄTSCHIBÄTSCH
STEHT DIR DOCH GUT, SCHEISS-BLÖDE TANTE !!
DAM
DAM
DAM
DAM
DAM
DAM
DAM
DAM
HOP
Ich bin nämlich... Ich bin nämlich überhaupt nicht trottelig !
VER-DAMMTE SCHEISSE !
DU MACHST IMMER SO AUF ANMUTIG UND BIST ÜBERHAUPT KEINE JUNGFRAU !!

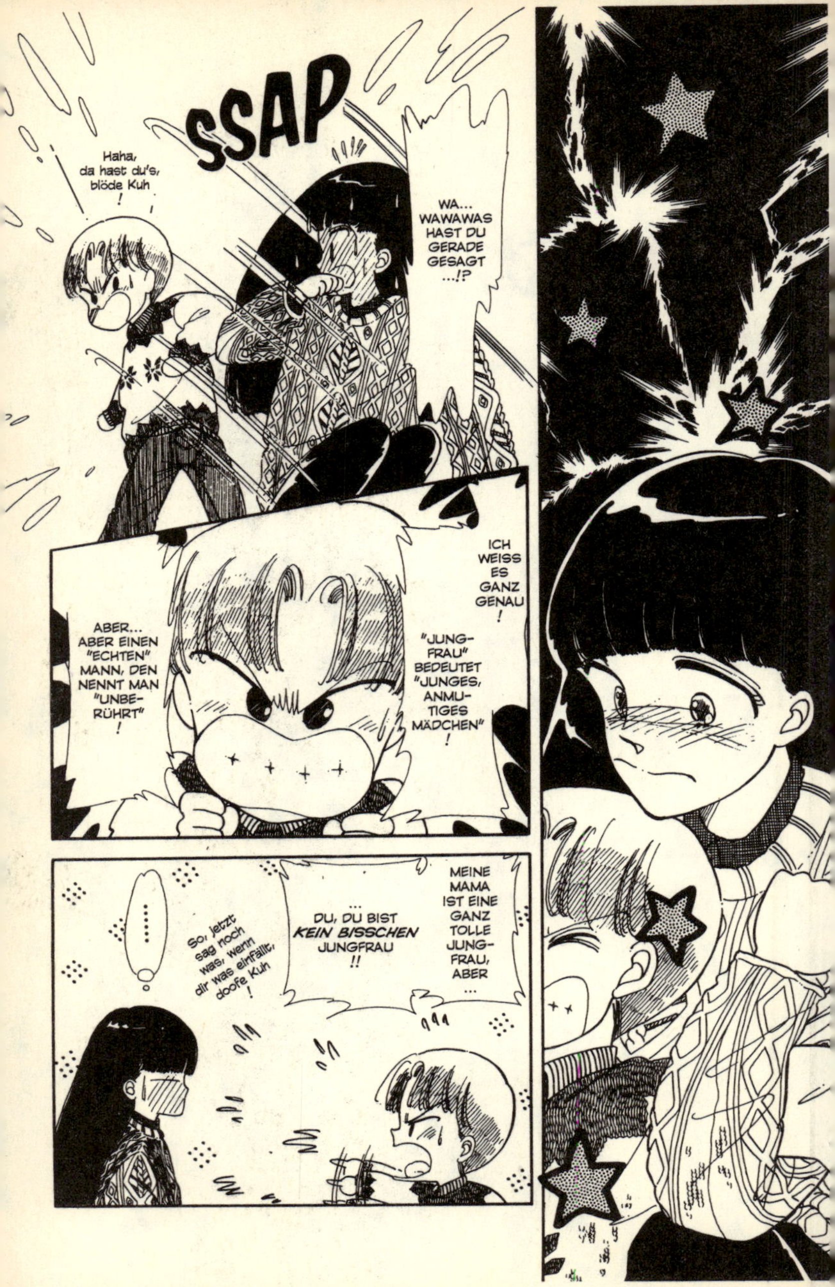
SSAP
WA... WAWAWAS HAST DU GERADE GESAGT ...!?
Haha, da hast du's, blöde Kuh!
ICH WEISS ES GANZ GENAU! "JUNGFRAU" BEDEUTET "JUNGES, ANMUTIGES MÄDCHEN"!
ABER... ABER EINEN "ECHTEN" MANN, DEN NENNT MAN "UNBERÜHRT"!
MEINE MAMA IST EINE GANZ TOLLE JUNGFRAU, ABER ...
... DU, DU BIST *KEIN BISSCHEN* JUNGFRAU !!
......
So, jetzt sag noch was, wenn dir was einfällt, doofe Kuh!

AH ...!
ZUCK
EINE KATZE ...!
MIAU
ACH, TATSÄCHLICH, WIE SÜSS!
RLA RLA RLA
KOMM REIN, ICH GEB DIR MILCH!
SIE IST BESTIMMT ÜBER DEN BALKON AUS EINER ANDEREN WOHNUNG GEKOMMEN.
DSST
RR RR RR
WAS HAST DU?
ICH HAB ANGST VOR KATZEN!
Perplex

DU SAGST VIELLEICHT KOMISCHE DINGE ...!
WAS IST, WENN DU IN DEINEM FRÜHEREN LEBEN SELBST EINE KATZE WARST?
DIE SIND NICHT VON DIESER WELT!
WIE-SO DENN?
!
ICH WEISS, WAS DU MEINST!
DAS HEISST "RIN-NE", SEELENWANDERUNG, NICHT WAHR? MEIN NAME KOMMT DAHER!
Meine Mama ist eben eine Frau von Welt!
UWOOOOW, WIE DRAMA-TISCH!
MEINE MAMA HAT IHN MIR GEGEBEN, DAMIT WIR UNS IM NÄCHSTEN LEBEN WIEDER SEHEN KÖNNEN, WENN WIR EINMAL STERBEN!
TRINK EIN BISSCHEN MILCH!
MIEZ, MIEZ,
KOMM!

ICH FINDE ES ABER SEHR UNGEWÖHNLICH, DASS DU VOR KATZEN ANGST HAST ...
ICH HABE VOR TIEREN UND ALLEM LEBENDIGEN ANGST! FOTOS UND SO MAG ICH ZWAR ...
Großstadtkinder...
ICH BIN NOCH NICHT EINMAL IM ZOO GEWESEN!
MEIN PAPA HAT AUCH SO VIEL ZU TUN ...
Er ist halt "unberührt", weißt du?
WOLLEN WIR IN DEN ZOO? PASST DOCH GERADE GUT!
... WIR GEHEN.

EIN BISSCHEN GESCHWÄTZ

TEIL 3

Die japanische Ausgabe von Kiokusenmei (»Klare Erinnerung«) ist ja ganz im Sinne einer spannenden Geschichte geschrieben. Diesmal aber habe ich, angefangen bei Alices Privatleben, eine Zeit lang die Texte verfasst, indem ich mich selbst ständig fragte: "Wo ist da die Spannung...?" Wahahahahahaha.
Durch die Stimmung, die der Charakter Alice hervorruft, wird das Gefühl der Spannung weggeblasen oder verharmlost oder so...
Doch genau dadurch konnte ich andererseits eine wundersame und romantische Stimmung erzeugen... zumindest hoffe ich, dass mir das gelungen ist...

Das genaue Gegenteil von Liz, die starke Spannung erzeugte.

Anscheinend gab es viele, die damit rechneten, das ich wieder eine Geschichte über Liz' und Jo-Jos Aktivitäten in Tokyo mache.
Ach ja, die gute alte Lizzie.

RIN-KUN, GUCK MAL, DA SIND AFFEN!
I... ICH HAB ZU VIEL ANGST!
DU BRAUCHST KEINE ANGST ZU HABEN!
SCHAU!
WI... WIESO KOMMEN SIE HIERHER?
SIE FINDEN VIELLEICHT, DASS DU ETWAS BESONDERES BIST...
...GANZ BESTIMMT!

WA... WA-RUM?
WARUM KOMMEN SIE ALLE ZU UNS, ALICE?!
"SERVICE FÜR RIN-KUN", SAGEN SIE.
KANNST DU MIT TIEREN SPRECHEN?!
AHAHA, NATÜRLICH NICHT!
ICH FÜHLE ES NUR!
WENN DEINE MUTTER EIN GESICHT MACHT, ALS OB SIE KOPFSCHMERZEN HÄTTE ...
... FÜHLST DU DOCH AUCH "AH, SIE HAT BESTIMMT KOPF-SCHMERZEN", ODER?
DAS IST DAS-SELBE.
Hmmm...
He, Alice! Die Tigerin da ist eine Jungfrau, oder?!

ALS ICH ZUM ERSTEN MAL IN DEN ZOO MITGENOMMEN WURDE...
... SIND DIE TIERE AUCH SO AUF MICH ZUGEKOMMEN.
ICH FING AN ZU WEINEN...
... ABER PAPA UND MAMA TRÖSTETEN MICH UND SAGTEN: "DU BRAUCHST KEINE ANGST ZU HABEN".
WAS IST DENN BLOSS...
... SO BESONDERS AN MIR?
Guten Tag... Ich werde ganz nervös...
DABEI...
... BIN ICH DOCH NUR EIN GANZ NORMALER MENSCH.

SSTT
WENN ICH HIERHER KOMME, SEHEN MICH SÄMTLICHE TIERE MIT NEUGIERIGEN AUGEN AN UND SPRECHEN ZU MIR...
"WER BIST DU?! WAS BIST DU FÜR EIN WESEN?!"
GLOTZ GLOTZ
WARUM VERSTEHST DU UNSERE GEFÜHLE GLEICH BEI DER ERSTEN BEGEGNUNG ?!
DABEI BIST DU EIN MENSCH !
ICH HABE ES EBEN SCHON ZU RIN GESAGT...
WENN IHR WIRKT, ALS OB IHR EUCH FREUT, DANN FÜHLE ICH EINFACH NUR "ACH, SIE FREUEN SICH WOHL...", DAS IST ALLES!
Ich werde verlegen.

OH!
HIER GIBT ES BLUMENZWIEBELN!
ZUR ERINNERUNG AN HEUTE KAUFE ICH DIR EINE KROKUSZWIEBEL, JA?
EHRLICH?!
DU MUSST DICH ABER GUT UM SIE KÜMMERN!
KLAR, MACH ICH!
SIND KROKUSSE SCHÖNE BLUMEN?!
JA, SEHR SCHÖNE!
UND SIE MÖGEN KINDER!
NAJA, KÖNNTE JEDENFALLS SEIN...
Wie der Zufall es will...

BIST DU NICHT SAKAGUCHI-SAN?
KOMM, RIN-KUN, WIR GEHEN NACH HAUSE, ES IST SCHON SPÄT...
?
... AH!
SSAAP
WA...WARTE BITTE! ES IST NICHT, WIE DU DENKST!
GRAPSCH
KO... KOMMST DU KURZ MIT IN DAS CAFE?
ICH WILL DIESES MISSVERSTÄNDNIS UNBEDINGT AUFKLÄREN!

... IST DAS DA ...
... DEIN KLEINER BRUDER?
BOUM
RIN-KUN IST UNSER NACHBARSKIND.
ICH HABE ALLERDINGS TATSÄCHLICH EINEN JÜNGEREN BRUDER ...
ÄHM... HABT IHR EIN DATE?
Red nicht von mir wie von einem Ding!
NEIN... MEIN BRUDER IST HIER TIERPFLEGER, DAHER...
D... Date...
ALICE, DIE DA SIND ABER NICHT UNBERÜHRT!
RIN-KUN!!
... ÄHEM ...
ICH MÖCHTE EINS KLARSTELLEN: WIR SIND NICHT SCHWUL, JA...
ACH, ER HIER IST ISSEI NISHIKIORI AUS DER 3. PARALLELKLASSE.

SMILE
... NA JA... WAS DU GESEHEN HAST, SCHIEN EBEN ZUFÄLLIG SO, DAS MUSSTEST DU JA MISSVERSTEHEN...
......
... ABER ...
... WAR ES NICHT SO, DASS IHR EUCH DA GERADE GEOUTET HABT?
... MIT DIESEM "WIR SIND NICHT NORMAL"...
Ähm... Ich habe eigentlich nichts dagegen, solange es platonisch ist... Vor AIDS habe ich allerdings Angst...
......
... WIR SIND ANDERS.
OBWOHL WIR WEDER ZWILLINGE NOCH ÜBERHAUPT VERWANDT SIND...
... HABEN WIR IN LETZTER ZEIT... JEDE NACHT DENSELBEN TRAUM.

NOCH DAZU HEISSE ICH IM TRAUM...
... JEDES MAL "GYOKURAN" *....
UND ISSEI HEISST "ENJU"**.
*"WEISSE MAGNOLIE"
**"JAPANISCHER PAGODENBAUM"
DARÜBER HINAUS IST "ENJU" EINE FRAU.
DASS WIR GESTERN IN SO EINER KOMISCHEN STIMMUNG WAREN...
... LIEGT DARAN, DASS IN DEM TRAUM DER VORHERGEGANGENEN NACHT GYOKURAN UND ENJU MITEINANDER INS BETT GEGANGEN SIND...
... DU HÄLTST UNS JETZT SICHER FÜR BESCHEUERT...
NEIN, ICH FINDE ES INTERESSANT.
Haha...
... Sa... sag ich mal...
AUSSERDEM ...
... IST "ENJU" DER NAME EINER BAUMART, NICHT WAHR?
"GYOKURAN" KENNE ICH ZWAR NICHT, ABER ES HÖRT SICH AUCH WIE EIN PFLANZENNAME AN...
ACH? WIRKLICH?
A...ALSO SEID IHR BEIDE IM TRAUM EIN LIEBESPAAR?
Voll interessiert...

HMM …
… ES IST MEHR MEIN, ALSO ENJUS EINSEITIGES GEFÜHL.
TOCK
DER HIER IST VÖLLIG VERKNALLT IN EINE ANDERE FRAU.
Spannend!
Was ihr da so von euch gebt ist einfach anomal!
UND WAS DANN NOCH TOTAL UNGEWÖHNLICH IST…
… DIE ERDE IST IMMER IM HINTERGRUND, WEISST DU…
DIE ERDE …?
JA.
FAST, ALS WÜRDE MAN AUS EINEM SPACESHUTTLE ODER VOM MOND AUF SIE HERABBLICKEN …!
KOMISCHE GESCHICHTE…
ICH FRAGE MICH, OB ISSEI UND ICH NICHT IN DER VERGANGENHEIT DIE ZUKUNFT NACH DER WIEDERGEBURT TRÄUMEN…

DAS IST JA TOTAL INTERES-SANT!
Faszi-nation
ICH DENKE SCHON SEIT DEM TAG, ALS DU AN UNSERE SCHULE KAMST...
... DASS ICH DICH...
... IRGEND-WIE SCHON LÄNGER KENNE...
HÄ?
KNALL-ROT
WOW! JINPACHI, IST DAS ETWA EIN LIEBES-GESTÄNDNIS ?!
N...NEIN, NATÜRLICH NICHT...

DIESE GESCHICHTE WAR ZWAR MERKWÜRDIG, ABER INTERESSANT, NICHT WAHR...
... RIN-KUN?
SCHAU, DIE KROKUSZWIEBEL...
... WIRD DEN WASSERSPIEGEL IM GLAS NACH UND NACH MIT DEM WACHSEN DER WURZELN BIS ETWA ZUR HÄLFTE ABSENKEN.
DU DARFST SIE AUF KEINEN FALL AN EINEN WARMEN ORT STELLEN, BIS ICH ES DIR SAGE!
SAG MAL, ALICE!
ICH HABE BEI DIR AUCH EIN DÉJÀ-VU GEHABT!
ALS ICH DICH SAH, HATTE ICH EIN NOSTALGISCHES GEFÜHL!

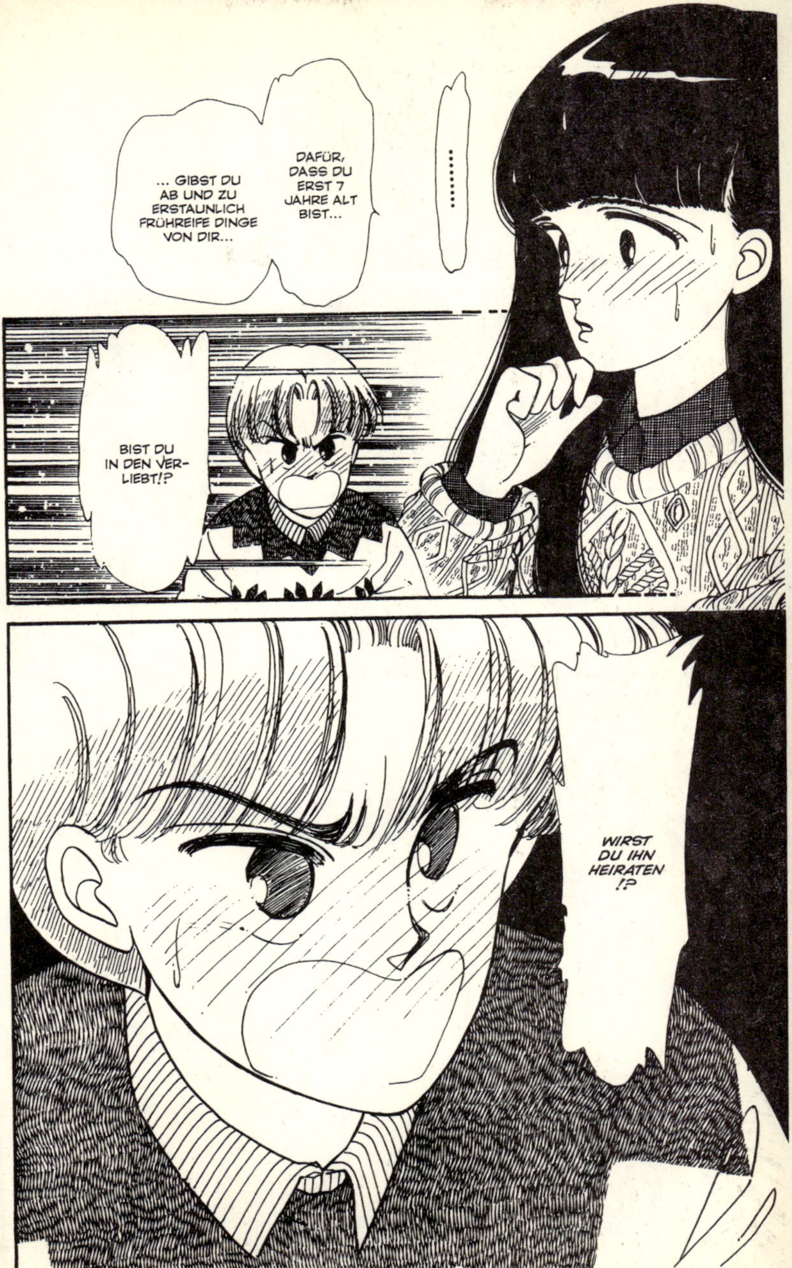
....
DAFÜR, DASS DU ERST 7 JAHRE ALT BIST...
... GIBST DU AB UND ZU ERSTAUNLICH FRÜHREIFE DINGE VON DIR...
BIST DU IN DEN VERLIEBT!?
WIRST DU IHN HEIRATEN !?

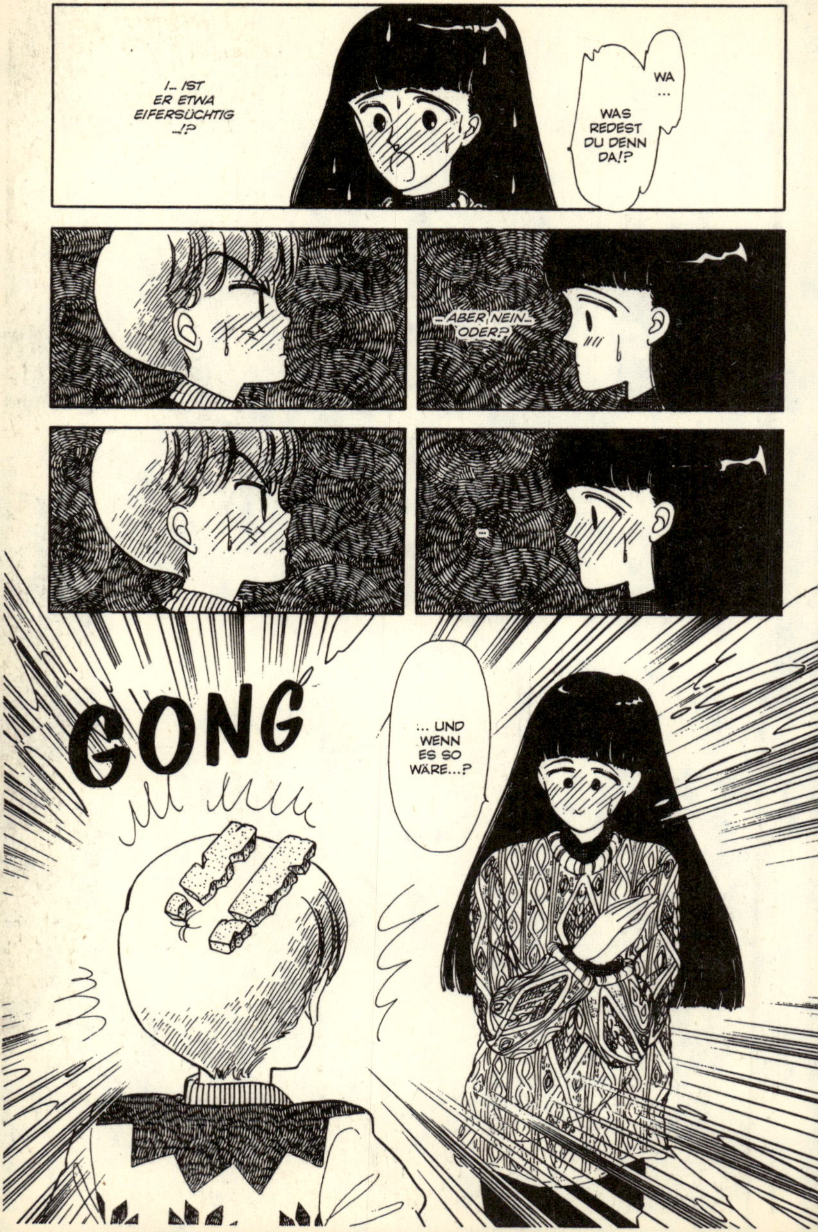
WA ... WAS REDEST DU DENN DA!?
I... IST ER ETWA EIFERSÜCHTIG ...!?
...ABER NEIN... ODER?
...
... UND WENN ES SO WÄRE...?
GONG

SSAP
DOM DOM DO
HÄ!?
KLETTER
KLETTER
WA...
DU DUMMKOPF, DAS IST GEFÄHRLICH, WAS SOLL DAS !?
ALICE!
GUCK MAL !!

NEIN...

PAF
WAS SOLL DAS !!
TAUMEL

AAAAAAH!
SCHNAPP!
URGH...
HI...
HILFE!!
UWAAAAAAAH
MAMA!

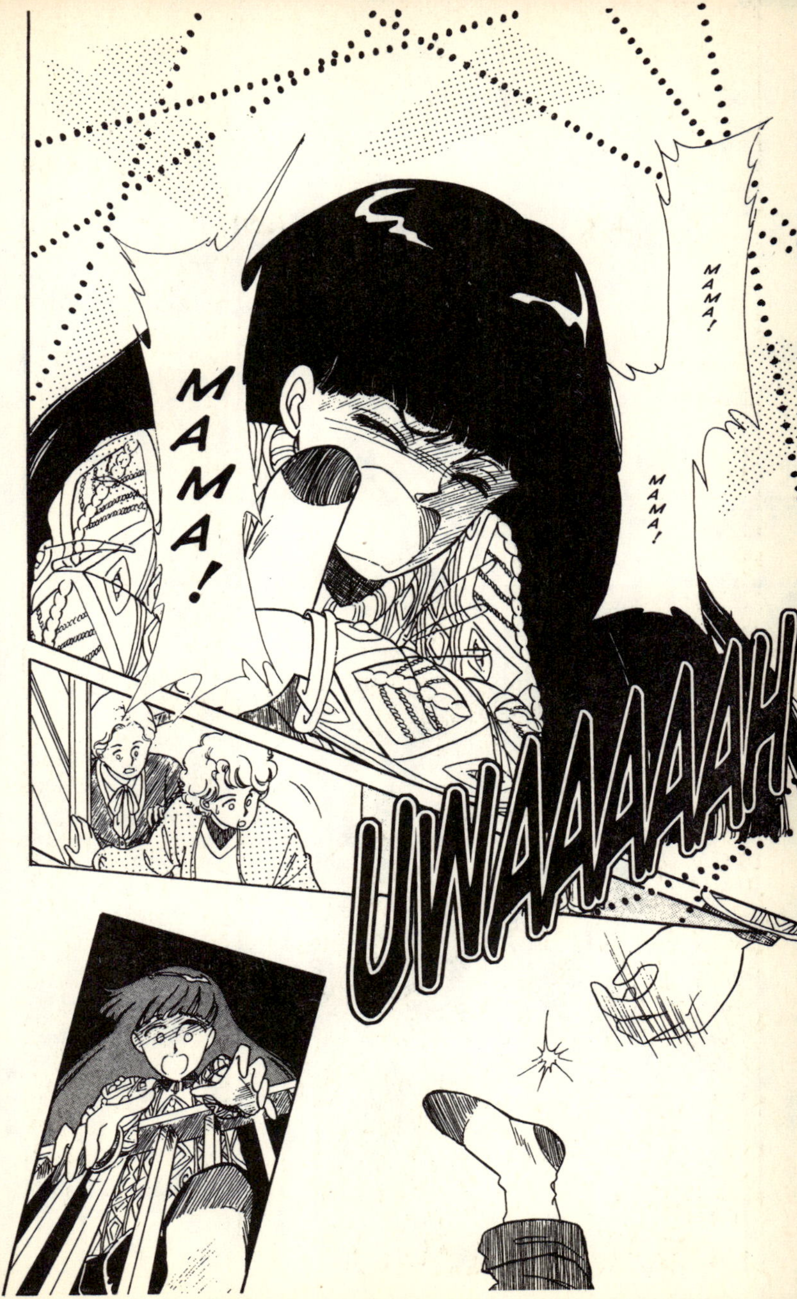
MAMA!
MAMA!
MAMA MAMA!
UWAAAAAAH!

EI...
EIN KIND IST HINUNTER GEFALLEN!!
...DA...
EIN KIND IST AUS DEM HOCHHAUS...
DAS IST DOCH NICHT WAHR...?!
HEE...!
EINEN KRANKENWAGEN...!

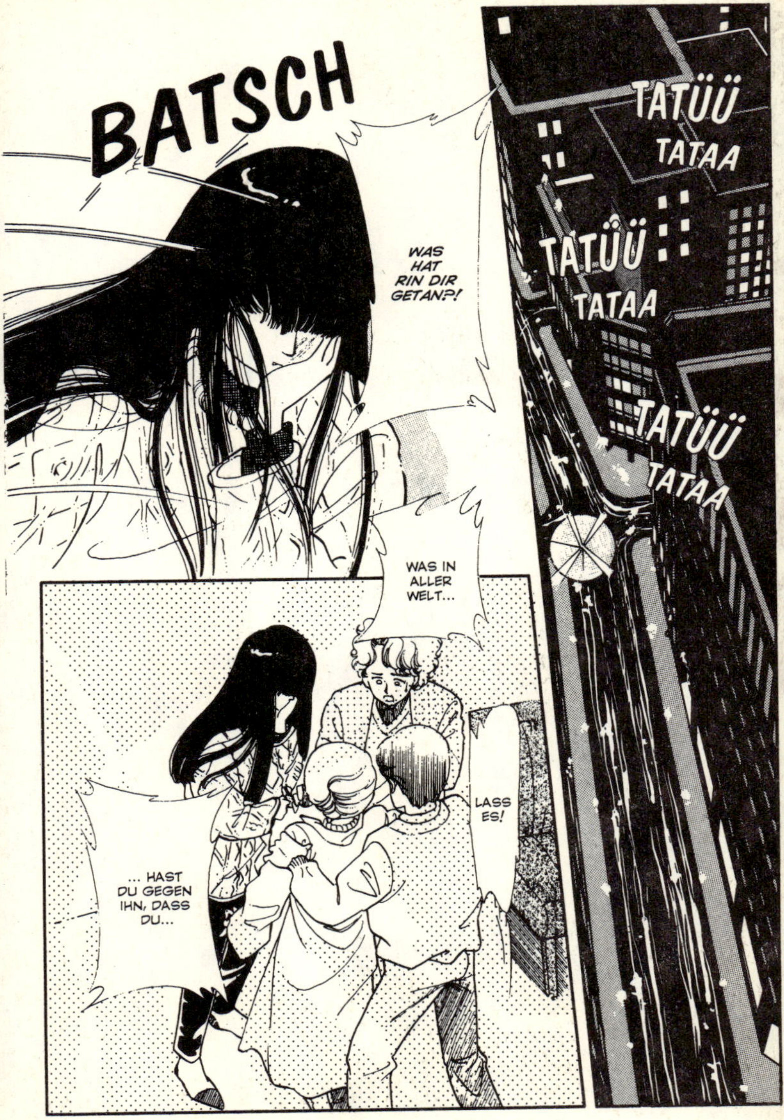
TATÜÜ
TATAA
TATÜÜ
TATAA
TATÜÜ
TATAA
BATSCH
WAS HAT RIN DIR GETAN?!
WAS IN ALLER WELT...
LASS ES!
... HAST DU GEGEN IHN, DASS DU...

SAG DOCH. JEMAND, DASS ES NICHT WAHR IST...
BITTE...
... MEIN GOTT...!

BITTE...!!

AH...
... DA BIST DU JA. DU BIST SICHER MÜDE...
... ALICE ?
ICH HABE SIE INS BETT GE-SCHICKT.
SIE WAR VÖLLIG ER-SCHÖPFT...
UND... WIE STEHT ES UM RIN-KUN?
NUN, ER IST GLÜCKLICHER-WEISE OHNE GRÖSSERE ÄUSSERE WUNDEN DAVON-GEKOMMEN.
DIE BÄUME UNTEN HABEN SEINEN FALL WIE EIN KISSEN AUFGE-FANGEN...
ACH, SO WAR DAS?
Aha
JA, ABER...
... ER SCHEINT SICH DEN KOPF... SCHWER GESTOSSEN ZU HA-BEN...
... UND LIEGT JETZT IM KOMA...

ALICE, SCHAU!!
RIN-KUN!
NEIN!
NEIN, DU DARFST DA NICHT HINGEHEN!!
NEIN...!!!

IRGEND-
JEMAND...
IRGEND-
JEMAND
MUSS IHN
AUFHALTEN...
KRACK
RIN-KUN...!!

SSAAP
... EIN TRAUM...

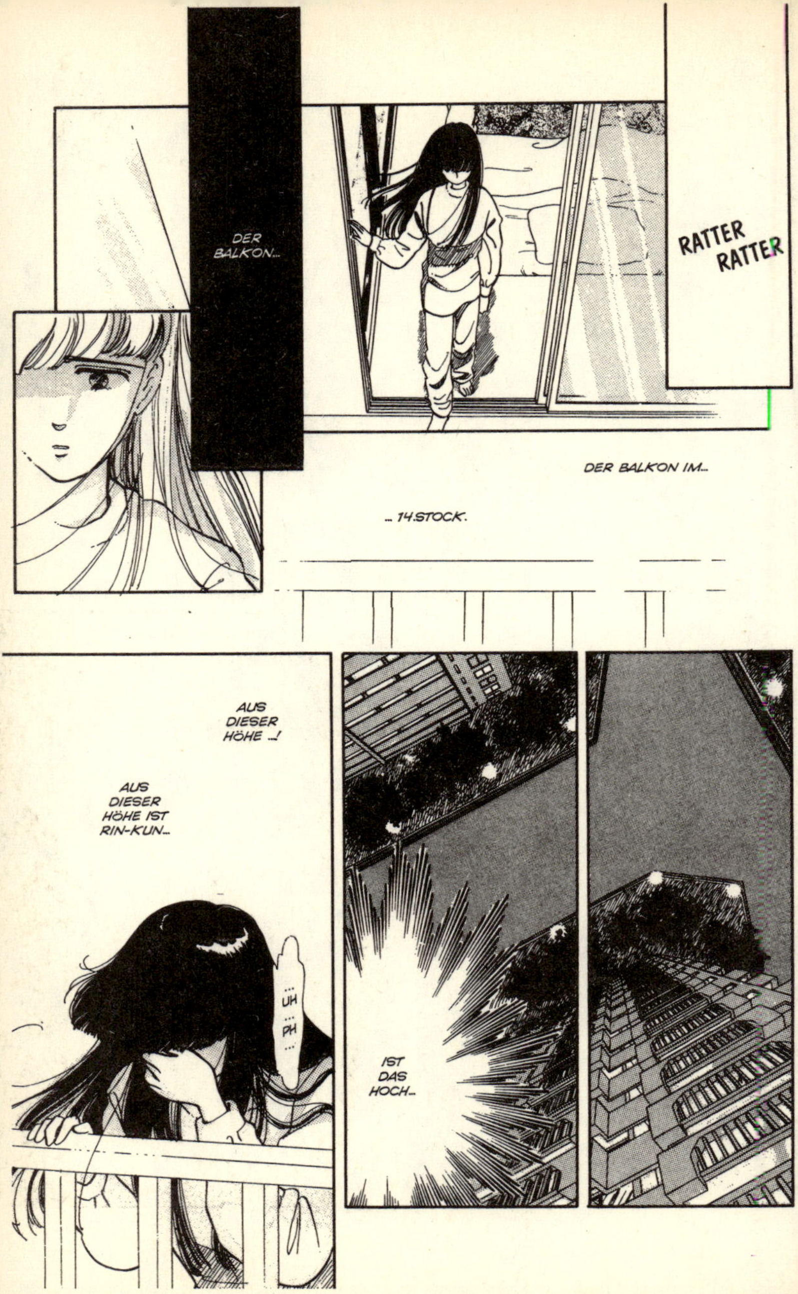
RATTER RATTER
DER BALKON...
DER BALKON IM...
... 14.STOCK.
AUS DIESER HÖHE ...!
AUS DIESER HÖHE IST RIN-KUN...
IST DAS HOCH...
... UH ... PH ...

... MIR IST ÜBEL...
ICH MUSS MICH ÜBERGEBEN...!
WAS TUST DU HIER, NEE-CHAN!
!!
... WIRKLICH!
RASCHEL
DU WIRST DICH ERKÄLTEN, WENN DU HIER DRAUSSEN BLEIBST ...!
MEINE GÜTE, NEE, KOMM!

ER IST DOCH NOCH EIN KIND!
WA-RUM ...
WARUM KONNTE ICH IHN NICHT RETTEN ...
... WA-RUM ...
......
... WAS SOLL ICH NUR TUN, HAJI-ME...
... DA KANN MAN NICHTS MACHEN.
DU BIST EBEN NICHT SO KRÄFTIG.
DU KANNST JETZT ÜBER-HAUPT NICHTS TUN.
NEE-CHAN ...
WAS ...
... SOLL ICH NUR TUN ...?

ÜBER GESCHEHENES KANN MAN REDEN, SO VIEL MAN WILL ...
... ES WIRD SICH NICHTS MEHR DARAN ÄNDERN.
MAMA.
UWAH, IST DAS KALT!
DU KANNST WEDER FLIEHEN, NOCH DICH VERSTECKEN ...!
ABER DU DARFST DICH NICHT UNTERKRIEGEN LASSEN.
GERADE JETZT... DARFST DU DICH NICHT UNTERKRIEGEN LASSEN, ALICE!!
SEI STARK!
LASS UNS ALLE GEMEINSAM STARK SEIN ...!

KOMM, WIR GEHEN WIEDER REIN.
DU ERKÄLTEST DICH SONST!
PAF PAF
... UH-HUM ...
ICH HAB UNS TEE GEKOCHT!
RLA
NEE-CHAN, WEISST DU EIGENTLICH...
... WARUM RIN-KUN GLÜCKLICHERWEISE MIT DEM LEBEN DAVONGEKOMMEN IST...?
DIE BÄUME UNTEN HABEN SEINEN FALL WIE EIN KISSEN ABGEFANGEN, HEISST ES!
DU WIRST ALSO AUCH HIER GANZ BESONDERS GELIEBT, WAS...!?

... SO WARM...
MEIN EBEN NOCH VERKRAMPFTES HERZ...
... BERUHIGT SICH ALLMÄHLICH.

PAPA, MAMA, HAJIME...
UND IHR, IHR LIEBEN LEBEWESEN...
DANKE. ES GEHT MIR WIEDER BESSER.
ICH WERDE DEN KOPF NICHT HÄNGEN LASSEN. ICH GLAUBE, ICH KANN KÄMPFEN. ICH GLAUBE, ICH WERDE WEITERMACHEN KÖNNEN.
ES WIRD ALLES GUT. GANZ BESTIMMT...

7jähriger Junge stürzte aus dem 14.Stoc
Sie war doch ein Kranich: Das wahre Gesicht der Saki Hitawari.
DING DONG
DING DONG
DING DONG
BLA
BLA
HEY! HABT IHR GEHÖRT!?
ICH WEISS! ICH HABE GERADE DIE ZEITUNG GELESEN!
ES HIESS ZWAR "A.-SAN", ABER DAS...
... SIE MEINEN SAKAGUCHI-SAN, ODER?!
JA, SO SAGT MAN...!!
BLA
IN DEM HOCHHAUS, WISST IHR...
... WOHNT EINE FREUNDIN VON MIR...
UND NACH DEM, WAS SIE ERZÄHLT, HAT SAKAGUCHI-SAN DIESEN RIN GESCHLAGEN UND DABEI HINUNTERGESTOSSEN...
BLA
WAAAAAS?!
PSST!
DA IST SIE...!!

STILLE
Scheues Lächeln
GUTEN MORGEN.
ÄH … M …
……
GUTEN MORGEN …
KNARZ

DABEI WIRKT SIE SO ERWACHSEN...
... NICHT?
SIE HAT IHN DOCH BESTIMMT NICHT ABSICHTLICH HINUNTERGESTOSSEN ...?
... ABER...
WISPER WISPER
ICH VERSTEH DAS NICHT.
NICHT WEINEN... NICHT WEINEN...
BAM

STILLE
....
BRZZ
GUTEN MORGEN... ... SAKA-GUCHI-SAN !
Strahl
ÄH... JA! DAS HEISST, ÄH...!
GUTEN ...
TRÖPFEL

PLOP
PLOP
PLOP
PLOP
Lächel
... MORGEN!
SEID IHR GESTERN GLEICH NACH HAUSE GEGANGEN?
ODER HABT IHR NOCH MIT EUREM DATE WEITERGEMACHT, DU UND ISSEI-SAN?
ICH DARF NICHT SO WEINERLICH SEIN. WENN ICH HEUTE NACH HAUSE KOMME, WERDE ICH GLEICH...
... "GUTE-BESSERUNG-KEKSE" BACKEN.

ICH WERDE GANZ VIELE DAVON BACKEN UND SIE DANN ZUSAMMEN MIT EINEM BLUMEN-STRAUSS...
... ZU RIN-KUN INS KRANKENHAUS BRINGEN.
ABER VIELLEICHT...
... WILL RIN-KUNS MUTTER MEIN GESICHT NOCH NICHT WIEDER SEHEN, DESHALB...
... PASSE ICH LIEBER AUF, DASS MICH NIEMAND ENTDECKT UND LEGE SIE...
... VOR SEINE TÜR...

LIEBER GOTT...
Zimmer 105
Rin Kobayashi
Keine Besuche
... BITTE MACH RIN-KUN WIEDER GESUND!

EIN BISSCHEN GESCHWÄTZ
TEIL 4

Wenn ich heute "Klare Erinnerung" noch mal lese... Oje, ich werde rot vor Scham! Die Geschichte selbst will ich gar nicht kritisieren, aber, wie soll ich sagen, die Art, wie ich mich angestrengt habe, ist so... übereifrig könnte mans nennen...
Ich strenge mich an!!
Na, wie ist das?! Ich geb mir totale Mühe!! Ich lass mich nicht unterkriegen!!
Ich bin ja so toll!!
So kommt das die ganze Zeit rüber, so dass man selbst als Leser ganz verkrampft wird, will ich mal sagen... Bääh, ist mir das peinlich! Deshalb mache ich mich jetzt immer vor dem Zeichnen ganz locker. Nachdem ich zu den Bäumen "Guten Tag" gesagt habe, arbeite ich unbekümmert in meinem eigenen Tempo, so wie ich es mir wünsche. Außerdem denke ich sowieso, dass Alice ein Mädchen ist, das man nicht in verkrampftem Zustand zeichnen darf. Trotzdem kann es gut sein, dass PSME, wenn ich es nach ein paar Jahren wieder lese, mich auch vor Scham erröten lässt...

BITTE, LIEBER GOTT ...!!

LIEBER GOTT...!!
...R
...IR
...! WIR ...

WIR WOLLEN VON HIER-AUS...
... DIE ERDE BEOBACH-TEN...
BOBOM
BOBOM
BOBOM

KLACK!

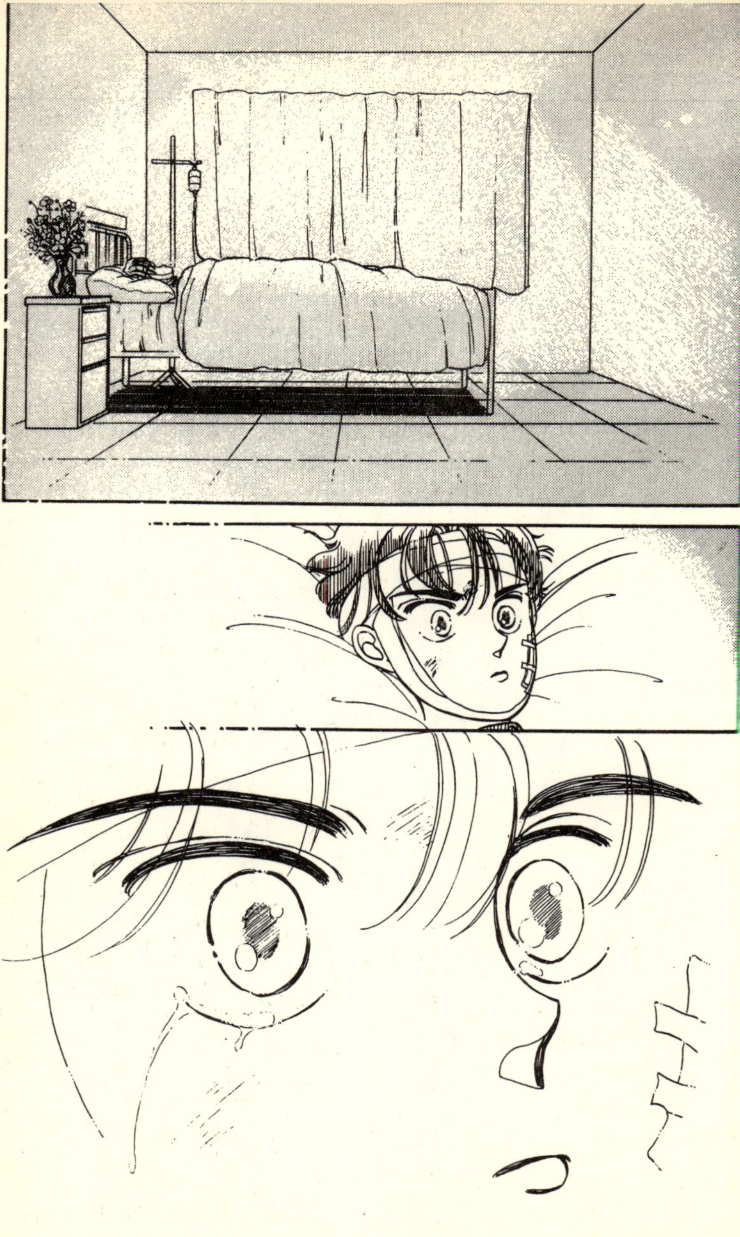

... NANU?
SHRRI

DAS... DAS IST DOCH SAKAGUCHI-SAN!
WAS IST LOS? WIESO ISST DU DEIN LUNCH DENN HIER...
IST DAS KLASSENZIMMER KEIN ORT, AN DEM...
... ES SICH ESSEN LÄSST...?
Kopf hoch!
OH, DIE KROKETTEN SEHEN LECKER AUS!
DARF ICH EINE?

SCHÖNES WETTER, NICHT WAHR?
GEFÄLLT DIR DIESER PLATZ?
ÄHM... JA.
JA...
... DU WARST AUCH HIER, ALS WIR UNS DAS ERSTE MAL TRA-FEN...
ICH...
DIE KAME-LIEN SIND ...
... SEHR LIEB.

*POPULÄRES KINDERBUCH IN JAPAN, "DIE ROTHAARIGE ANNE".

ISSEI!
... AH, DA IST ER.
OH...
ÄHM ...!
BIST DU HIER MIT OGURA-KUN VERABREDET, ODER SO ...!?
ZAMM
SO IST ES, ODER? A... AUF WIEDERSEHEN!
Du hast doch dein Lunch noch gar nicht aufgegessen...
ABER... SO WARTE DOCH!
SAKAGUCHI-SAN!
HIER STECKST DU ALSO, ISSEI...!
ICH ...!
STÜRM
ICH ...!
WAAAAAH
POFFF
ICH BIN SO GESCHOCKT!

... HÄ? -
... SAKAGUCHI-SAN ...
... IDIOT.
... VERFLUCHT! BEI DIR ZIEHT MAN ABER AUCH IMMER DEN KÜRZEREN, SAKAGUCHI-SAN!
IMMER ERWISCHST DU UNS IN VERFÄNGLICHEN SITUATIONEN...
AHAHAH
......
ÄHÄ
KRATZ
ES GEHT UM UNSEREN GEMEINSAMEN TRAUM, VON DEM WIR DIR IM ZOO ERZÄHLT HABEN...
AM NÄCHSTEN TAG ERZÄHLEN WIR UNS HIER IMMER IN DER MITTAGSPAUSE UNSERE EINDRÜCKE.
... WAS?
ES GEHT UM DEN TRAUM...? TRAUM... IHR HATTET WIEDER DENSELBEN TRAUM...
ER GEHT ALSO NOCH WEITER ...?!

JA.
JETZT REICHT´S. ICH BIN LANGSAM BEUNRUHIGT. WOLLEN WIR ZUM PSYCHIATER GEHEN, JINPACHI-KUN?
ACH?
ICH FINDE ES SPANNEND, ALS OB ICH JEDE NACHT EINEN FILM SEHEN WÜRDE.
WIIEEEEE?!
AH ... ÄHM ...
Total fasziniert
DÜRFTE ICH VIELLEICHT... FRAGEN, WAS IN DEM TRAUM PASSIERT ...?!
......
... NAJA ... ... WARUM NICHT?
WIR WOLLEN JA NICHTS VERHEIMLICHEN...

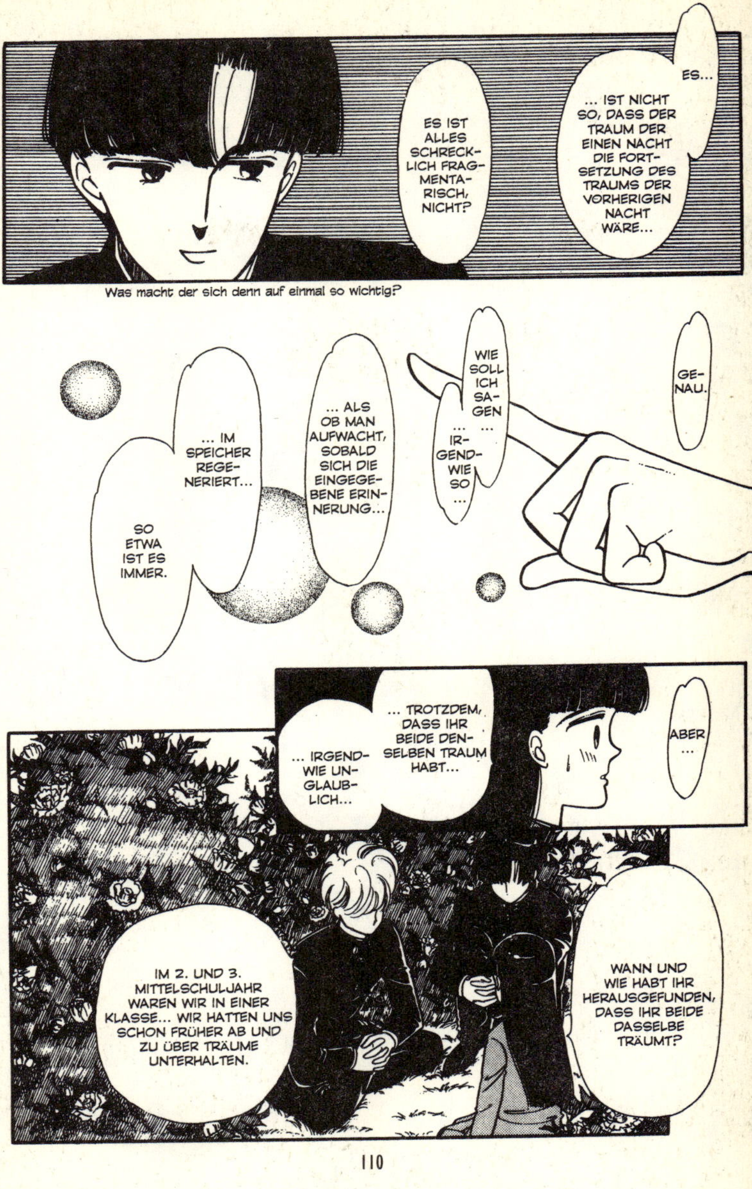
ES…
… IST NICHT SO, DASS DER TRAUM DER EINEN NACHT DIE FORTSETZUNG DES TRAUMS DER VORHERIGEN NACHT WÄRE…
ES IST ALLES SCHRECKLICH FRAGMENTARISCH, NICHT?
Was macht der sich denn auf einmal so wichtig?
GENAU.
WIE SOLL ICH SAGEN …
… IRGENDWIE SO …
… ALS OB MAN AUFWACHT, SOBALD SICH DIE EINGEGEBENE ERINNERUNG…
… IM SPEICHER REGENERIERT…
SO ETWA IST ES IMMER.
ABER …
… TROTZDEM, DASS IHR BEIDE DENSELBEN TRAUM HABT…
… IRGENDWIE UNGLAUBLICH…
WANN UND WIE HABT IHR HERAUSGEFUNDEN, DASS IHR BEIDE DASSELBE TRÄUMT?
IM 2. UND 3. MITTELSCHULJAHR WAREN WIR IN EINER KLASSE… WIR HATTEN UNS SCHON FRÜHER AB UND ZU ÜBER TRÄUME UNTERHALTEN.

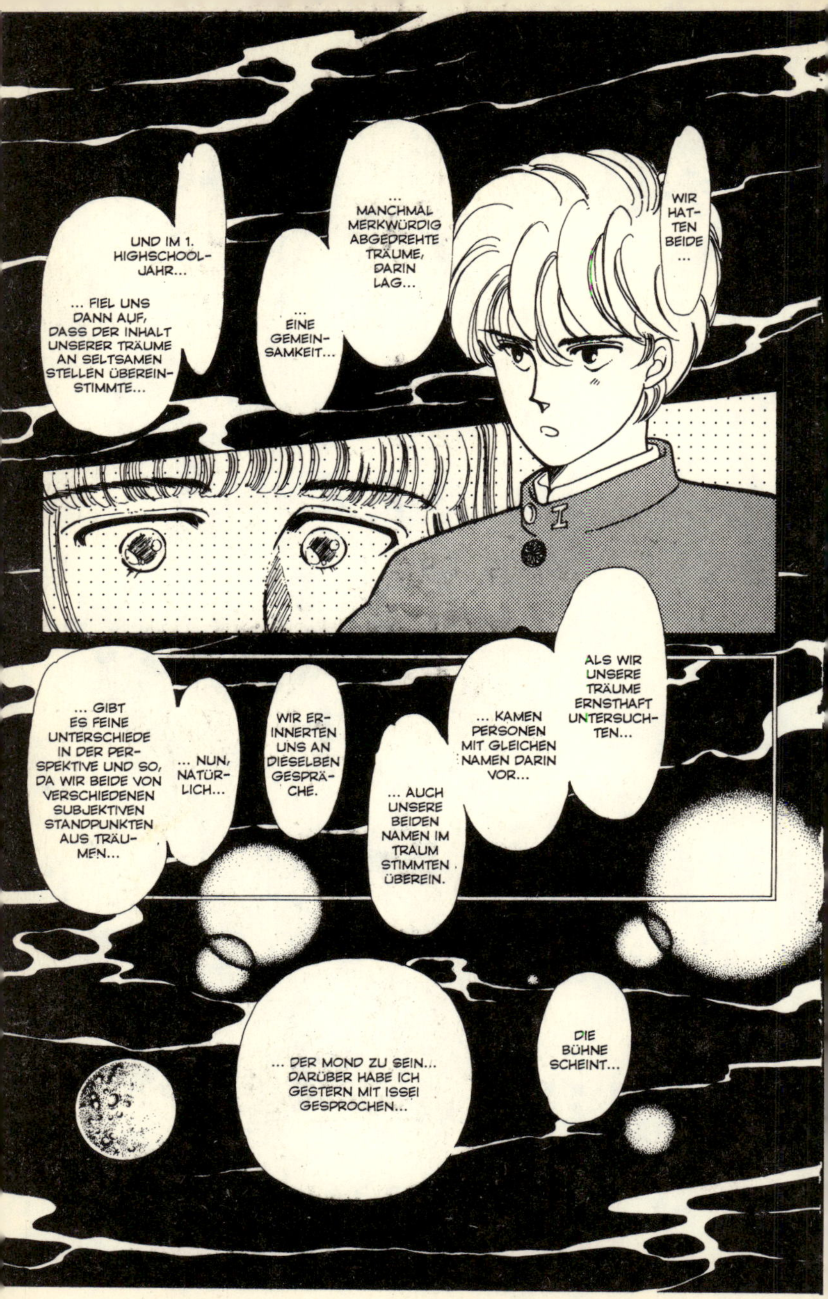
WIR HATTEN BEIDE ...
... MANCHMAL MERKWÜRDIG ABGEDREHTE TRÄUME, DARIN LAG...
... EINE GEMEINSAMKEIT...
UND IM 1. HIGHSCHOOL-JAHR...
... FIEL UNS DANN AUF, DASS DER INHALT UNSERER TRÄUME AN SELTSAMEN STELLEN ÜBEREINSTIMMTE...
ALS WIR UNSERE TRÄUME ERNSTHAFT UNTERSUCHTEN...
... KAMEN PERSONEN MIT GLEICHEN NAMEN DARIN VOR...
... AUCH UNSERE BEIDEN NAMEN IM TRAUM STIMMTEN ÜBEREIN.
WIR ERINNERTEN UNS AN DIESELBEN GESPRÄCHE.
... NUN, NATÜRLICH...
... GIBT ES FEINE UNTERSCHIEDE IN DER PERSPEKTIVE UND SO, DA WIR BEIDE VON VERSCHIEDENEN SUBJEKTIVEN STANDPUNKTEN AUS TRÄUMEN...
DIE BÜHNE SCHEINT...
... DER MOND ZU SEIN... DARÜBER HABE ICH GESTERN MIT ISSEI GESPROCHEN...

AUF DEM MOND IST, AUS WELCHEM GRUND AUCH IMMER, SO ETWAS WIE EINE BASIS ODER EIN FORSCHUNGSZENTRUM, UND...
... DORT BEFINDEN SICH SIEBEN WISSENSCHAFTLER...
DARUNTER IST AUCH GYOKURAN, IN DEM SICH MEIN BEWUSSTSEIN AUFHÄLT, UND...
... ENJU, MIT ISSEIS BEWUSSTSEIN...
DIE ARBEIT DER SIEBEN PERSONEN IST OFFENBAR...
... WIE SOLL ICH SAGEN, MAN...

DIE DATEN ALLER LÄNDER...
... SEI ES POLITIK ODER NATUR, WERDEN ALLE DETAILLIERT AUFGEZEICHNET...
... KÖNNTE ES VIELLEICHT "BEOBACHTUNG DER ERDE" NENNEN...
... ETWAS IN DIESER ART SCHEINT ES ZU SEIN, JA.

1 MAGNOLIE, 2 STECHPALME, 3 ASTER, 4 BEGONIE, 5 SATINORCHIDEE

EIN BISSCHEN GESCHWÄTZ

TEIL 5

An der Stelle im dritten Teil der Serie, als Alice das Weinen unterdrückt und Jinpachi sie dann fürsorglich anspricht, kamen mir unwillkürlich selbst die Tränen... Ich habe auch viele Briefe mit solchen Reaktionen bekommen. Es gab auch Mädchen, die mir inbrünstig Sachen schrieben wie: "Alice-chan ist alles andere als eine Heulsuse. So ein starkes Mädchen, das gibt es gar nicht." Ich wollte schon seit ziemlich langer Zeit einen schlichten Charakter wie Alice als Hauptperson zeichnen, aber da schlimmstenfalls der ganze Manga schlicht geraten könnte, habe ich es mir bisher nicht so richtig zugetraut.
Ich bin sehr froh, dass es jetzt doch klappt. Und auch darüber, dass ich so viele tröstende Botschaften für Alice erhalten habe, freue ich mich sehr.
Hehehe!

Bin ganz ernst geworden... Stellt euch vor, ich hätte euch auf den Arm genommen: "Reingefallen!", nein, wirklich, vielen Dank! ♡

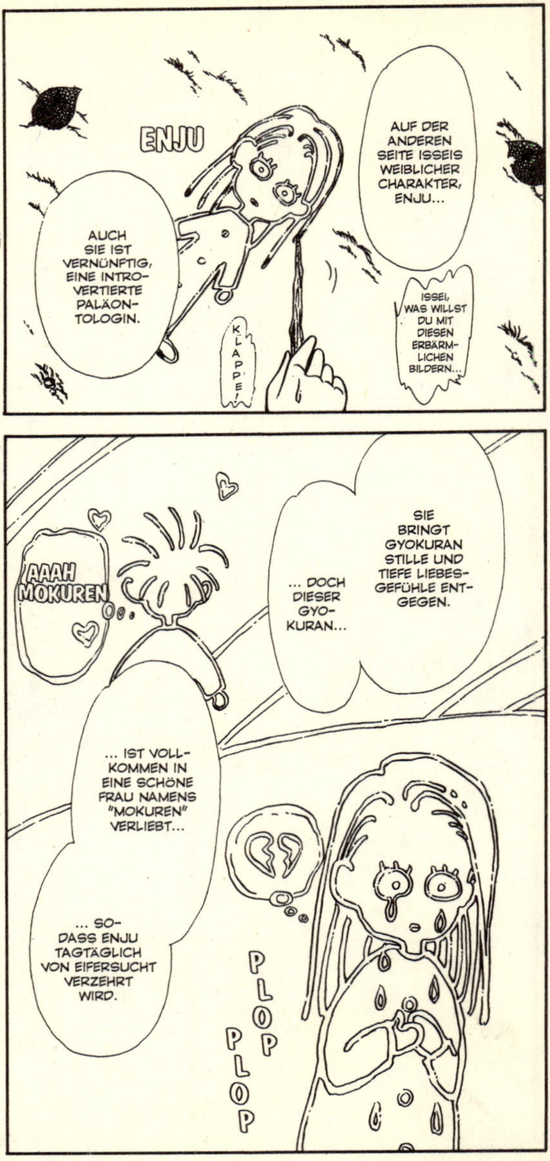

*EXTRA SENSORY PERCEPTION, DAS BEDEUTET: BESONDERE SINNESWAHRNEHMUNG

ABER... JENE MOKUREN HAT SICH IN DER VERGANGENEN NACHT...
... MIT SHION VERLOBT!
UWAAAAAH!
DABEI WAR ICH SO EIN FAN VON IHR!!
POF POF
Ist ja gut!
SHION IST EIN KINDHEITSFREUND VON GYOKURAN, UND...
... ER SCHEINT EIN GENIALER TECHNIKER ZU SEIN...
DOOF
SHION
ER IST, WIE SOLL ICH SAGEN, RÜCKSICHTSLOS...
... UND MACHT DEN EINDRUCK, ALS WÜRDE ER JEDEN AUGENBLICK KRIMINELL WERDEN ...
IM GRUNDE GENOMMEN IST ER WOHL SENSIBEL...
... GERADLINIG UND MIT EINEM AUSGEPRÄGTEN GERECHTIGKEITSGEFÜHL...

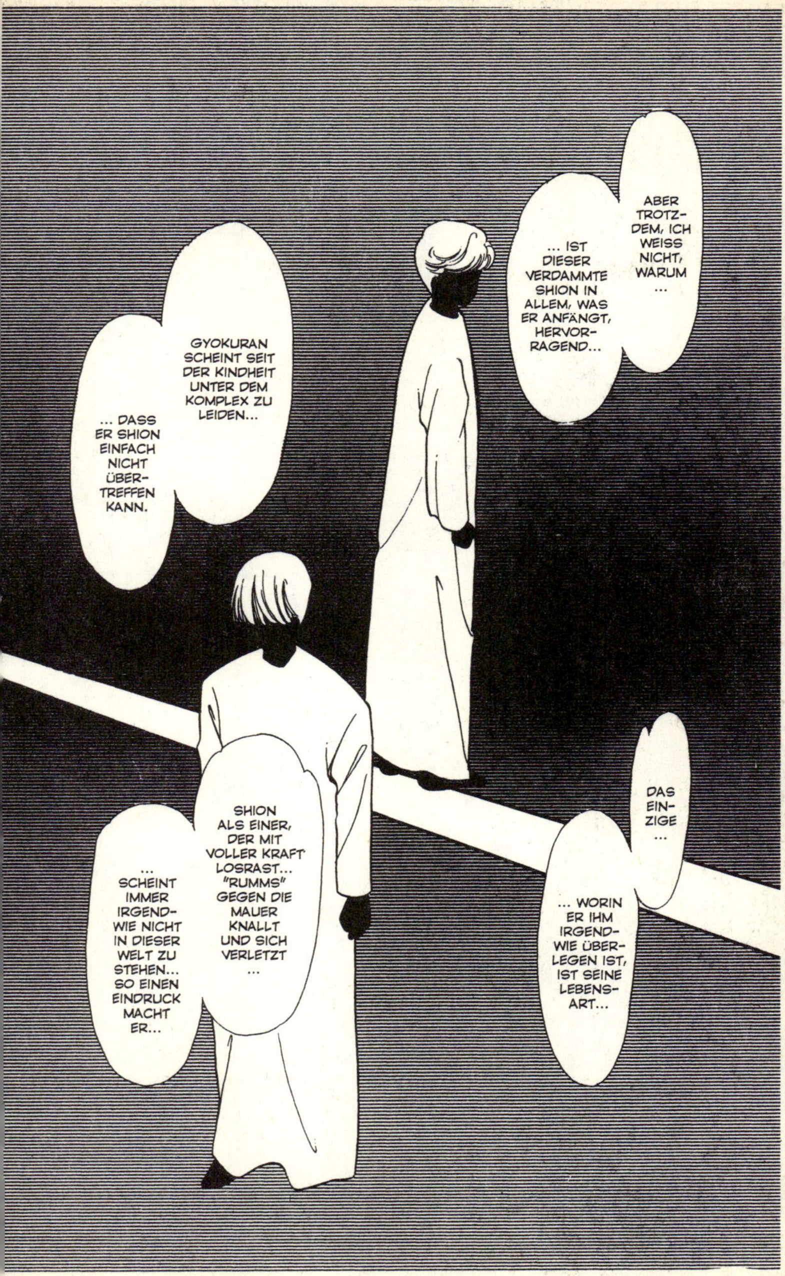
ABER TROTZDEM, ICH WEISS NICHT, WARUM ...
... IST DIESER VERDAMMTE SHION IN ALLEM, WAS ER ANFÄNGT, HERVORRAGEND...
GYOKURAN SCHEINT SEIT DER KINDHEIT UNTER DEM KOMPLEX ZU LEIDEN...
... DASS ER SHION EINFACH NICHT ÜBERTREFFEN KANN.
DAS EINZIGE ...
... WORIN ER IHM IRGENDWIE ÜBERLEGEN IST, IST SEINE LEBENSART...
SHION ALS EINER, DER MIT VOLLER KRAFT LOSRAST... "RUMMS" GEGEN DIE MAUER KNALLT UND SICH VERLETZT ...
... SCHEINT IMMER IRGENDWIE NICHT IN DIESER WELT ZU STEHEN... SO EINEN EINDRUCK MACHT ER...

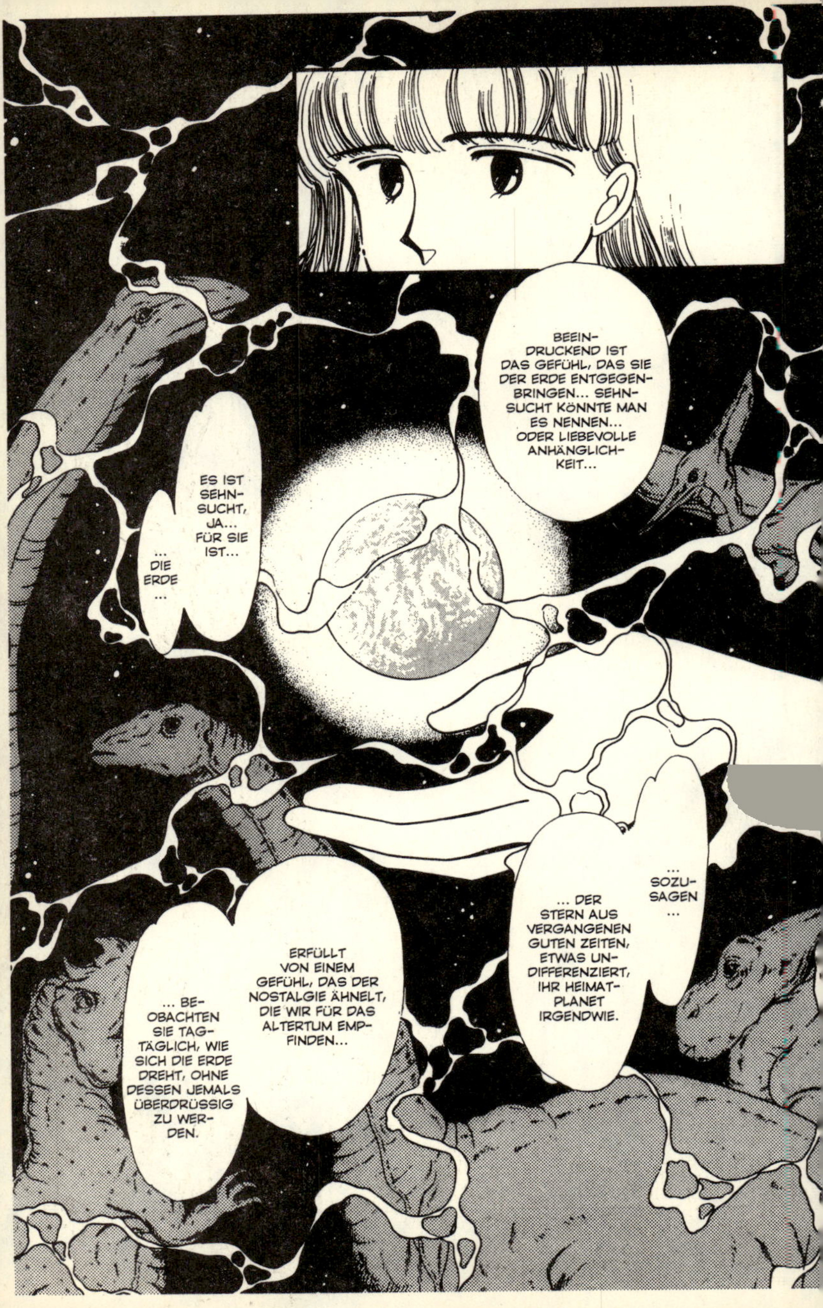
BEEIN-DRUCKEND IST DAS GEFÜHL, DAS SIE DER ERDE ENTGEGEN-BRINGEN... SEHN-SUCHT KÖNNTE MAN ES NENNEN... ODER LIEBEVOLLE ANHÄNGLICH-KEIT...
ES IST SEHN-SUCHT, JA... FÜR SIE IST...
... DIE ERDE ...
... SOZU-SAGEN ...
... DER STERN AUS VERGANGENEN GUTEN ZEITEN, ETWAS UN-DIFFERENZIERT, IHR HEIMAT-PLANET IRGENDWIE.
ERFÜLLT VON EINEM GEFÜHL, DAS DER NOSTALGIE ÄHNELT, DIE WIR FÜR DAS ALTERTUM EMP-FINDEN...
... BE-OBACHTEN SIE TAG-TÄGLICH, WIE SICH DIE ERDE DREHT, OHNE DESSEN JEMALS ÜBERDRÜSSIG ZU WER-DEN.

... HINZU KOMMEN NOCH DIE WISSEN-SCHAFTLERIN SHUSURAN ...
... OFFENBAR EINE ENGE FREUNDIN VON ENJU ...
KRITZEL
SHU-SURAN
HIIRAGI
KRRZZ
... HIIRAGI, EIN FÜR DIE DURCHFÜHRUNG DES AUFTRAGS VERANTWORT-LICHER LINGUIST, UND ...
... SHUKAIDO, EIN DOKTOR DER MEDIZIN.
AUCH DIESE BEIDEN MÄNNER SIND ANSCHEINEND IN MOKUREN VERLIEBT.
ALS SIE VON DER VERLOBUNG ERFUHREN, FIEL IHNEN NÄMLICH GANZ SCHÖN DIE KLAPPE RUNTER.
KRITZEL
SHUKAIDO

UFF
SIE IST SPRACHLOS.
AHAH
HIHI
ES KLINGT JA AUCH SEHR NACH EINEM MANGA...
NEIN, ICH WAR NUR SO FASZINIERT, WEIL ES EINE VÖLLIG ANDERE WELT IST...
DIE MITTAGSPAUSE IST VORBEI.
DING DONG
DING DONG
ÄHM... UND WAS WERDET IHR JETZT TUN, IHR ZWEI?
WAS ...?
MANCHMAL ÜBERLEGEN WIR, WIE ES WÄRE, WENN WIR...
... DIE ANDEREN FÜNF SUCHEN WÜRDEN UND SIE TATSÄCHLICH EXISTIERTEN...
ODER VIELLEICHT GRÜNDEN WIR EINEN TRAUMANALYSE-CLUB?

DAS GESPRÄCH WAR TOTAL INTERESSANT, ABER...
... JEDES MAL, WENN ICH OGURA-KUN SO HALB VERDECKT VON SCHRÄG HINTEN ANSEHE...
... GERATEN MEINE GEDANKEN AUF ABWEGE...
ROSAROT!
BITTE, GYOKURAN ...
... SIEH MICH AN!
WARUM...? BEDEUTE ICH DIR DENN NICHTS ...?
GYO-KURAN ...!
BRRR

ENJU ...
... ES TUT MIR LEID ...
EINE VERBOTENE WELT, VERBOTENE FANTASIEN...
ABER WAS KANN ICH DAFÜR... KÖNNTE MAN SAGEN, ODER?
Angst vor AIDS
... SIND ES FÜR MICH EBEN UNWEIGERLICH DIE GESICHTER DER BEIDEN JUNGS...
Jetzt ist Englisch-unterricht!
GYO KURAN
N...nein, Alice!
Lass es jetzt!
BOBOM
BOBOM
DENN DIE BEIDEN SEHEN WOHL IM TRAUM DIE GESICHTER DES ECHTEN GYOKURAN UND DER ECHTEN ENJU, ABER...
... ICH KANN DIESE GESICHTER NATÜRLICH NICHT KENNEN... UND DA ICH SIE MIR NICHT VORSTELLEN KANN...

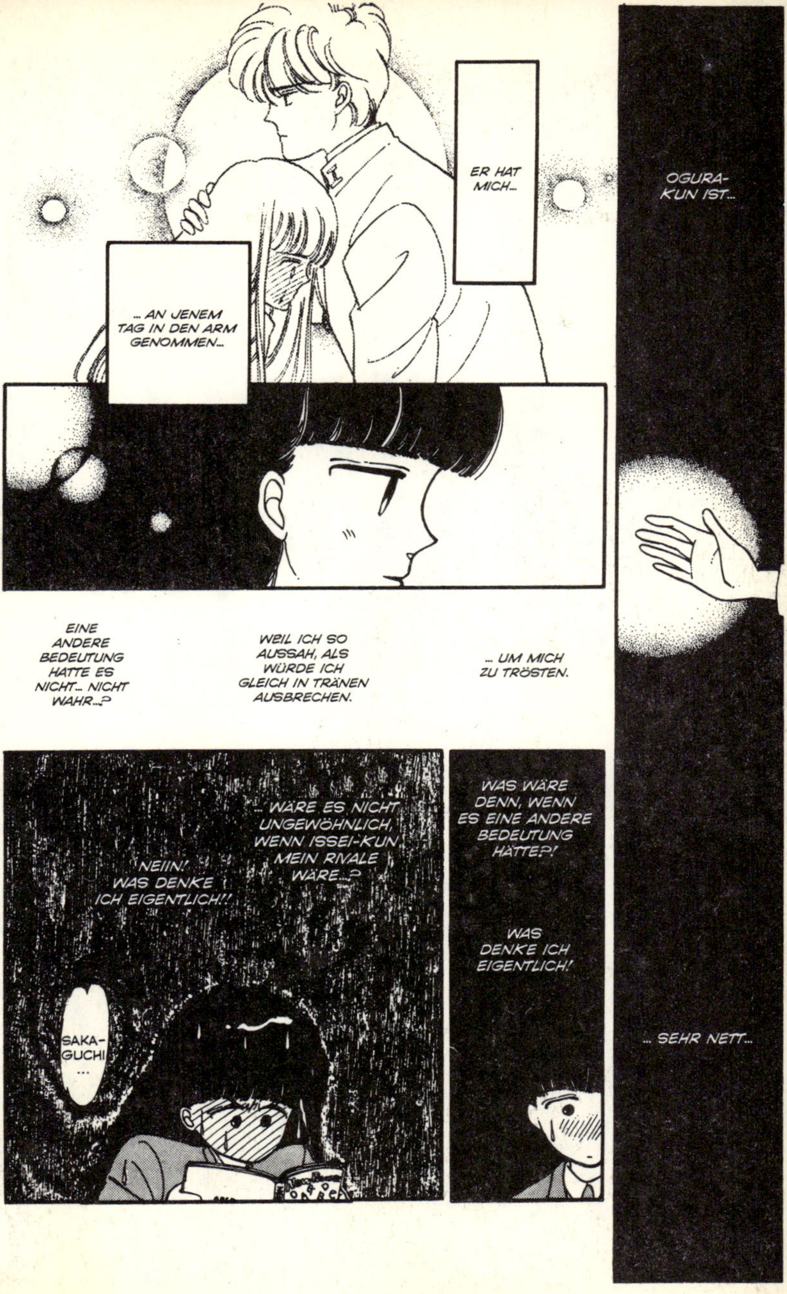
OGURA-KUN IST...
... SEHR NETT...
ER HAT MICH...
... AN JENEM TAG IN DEN ARM GENOMMEN...
... UM MICH ZU TRÖSTEN.
WEIL ICH SO AUSSAH, ALS WÜRDE ICH GLEICH IN TRÄNEN AUSBRECHEN.
EINE ANDERE BEDEUTUNG HATTE ES NICHT... NICHT WAHR...?
WAS WÄRE DENN, WENN ES EINE ANDERE BEDEUTUNG HÄTTE?!
WAS DENKE ICH EIGENTLICH!
... WÄRE ES NICHT UNGEWÖHNLICH, WENN ISSEI-KUN MEIN RIVALE WÄRE...?
NEIIN! WAS DENKE ICH EIGENTLICH!!
SAKA-GUCHI ...

SAKA-GUCHI!
DU HAST ANSCHEI-NEND EINEN ANRUF VON DEINER MUTTER BEKOM-MEN.
GEH SCHNELL INS LEHRER-ZIMMER.
WAS MAG DENN SEIN?
... ETWAS MIT RIN-KUN?
SEIN ZU-STAND WIRD SICH DOCH NICHT ...
... VER-SCHLECH-TERN ?!

ER IST AUFGEWACHT!
RIN-KUN IST WIEDER...
... BEI BEWUSST-SEIN!
MACH HEUTE FRÜHER SCHLUSS!
KOMM SCHNELL INS KRANKENHAUS, ALICE!

SIE IST ÜBERHAUPT NICHT BÖSE! EHER MÖCHTE SIE SICH BEI DIR ENTSCHULDIGEN, SAGT SIE ...!
ÄH... ABER ICH KANN DOCH ...
... ICH... RIN-KUNS MUTTER ...
KEINE SORGE!
WELCH EIN GLÜCK, NICHT WAHR, ALICE...!
LIEBER GOTT...!!

SHRR
SHRR
VIELEN DANK ...!!
SHRR
ERLÖSER-KLINIK

Seit er wieder wach ist, macht er das die ganze Zeit!
... WAS DENN? SPIELST DU WIEDER HELLSEHER ?
HIHI
AH.
ALICE IST GEKOMMEN.
ACH, SIE IST GESTOLPERT.
KCHCH ... CH ...
JETZT ...
... STEIGT SIE DIE TREPPE HOCH ...
WIE DUMM! ES GIBT DOCH EINEN AUFZUG.

NOCH ZEHN METER BIS ZUM KRANKEN-ZIMMER...
...FÜNF METER...
...EIN METER...
NOCH DREI SCHRITTE...
KLACK

ALICE...!

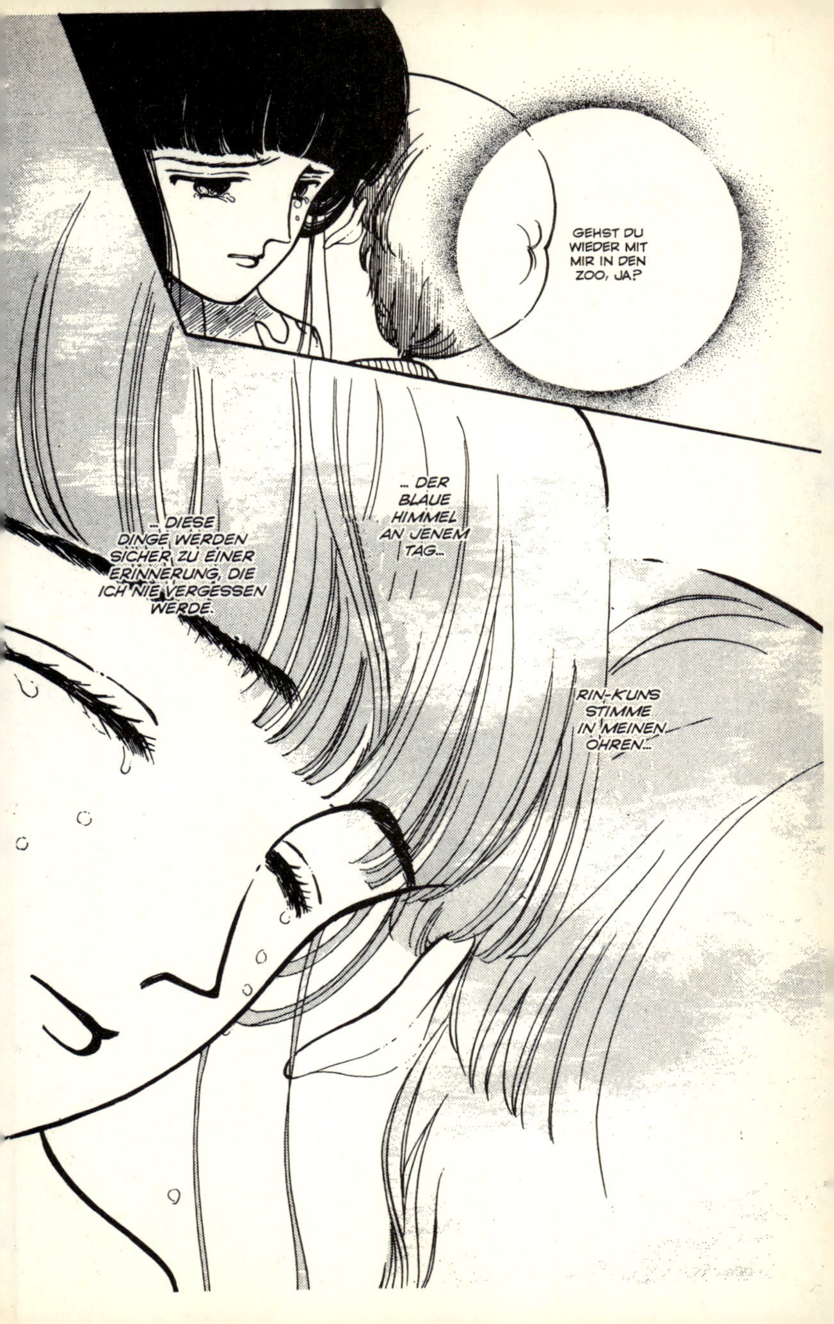
GEHST DU WIEDER MIT MIR IN DEN ZOO, JA?
... DER BLAUE HIMMEL AN JENEM TAG...
... DIESE DINGE WERDEN SICHER ZU EINER ERINNERUNG, DIE ICH NIE VERGESSEN WERDE.
RIN-KUNS STIMME IN MEINEN OHREN...

GANZ BESTIMMT...
EINE ERINNERUNG, DIE ICH NIE VERGESSEN WERDE.

HAJI-ME!
WEISST DU, WO ALICE IST?
DAS SUSHI IST DA, RUF SIE BITTE!
JAAAAHA!
HEE...
... O-NEE-CHAN, ESSEN!
... AH!
DAS HAB ICH ...
... MIR DOCH FAST SCHON GE-DACHT!

NANU, HAJIME ...
... WAS IST MIT ALICE?
IM MOMENT KANNST DU SIE NOCH SO SEHR RUFEN, ES NÜTZT NICHTS.
WARUM?
SIE REDET MIT DEN BÄUMEN UNTEN.
VERMUTLICH BEDANKT SIE SICH BEI IHNEN.
WAS?
Iss nur, iss! Nein, so was...!
DAS SIND SO IHRE MERKWÜRDIGEN FANTASTEREIEN.
DA IST SIE IMMER NOCH NICHT RAUSGEWACHSEN ...
OBWOHL ES WINDSTILL IST, BEWEGEN SICH DIE BLÄTTER DER BÄUME.
IN SO EINEM FALL IST MEISTENS...

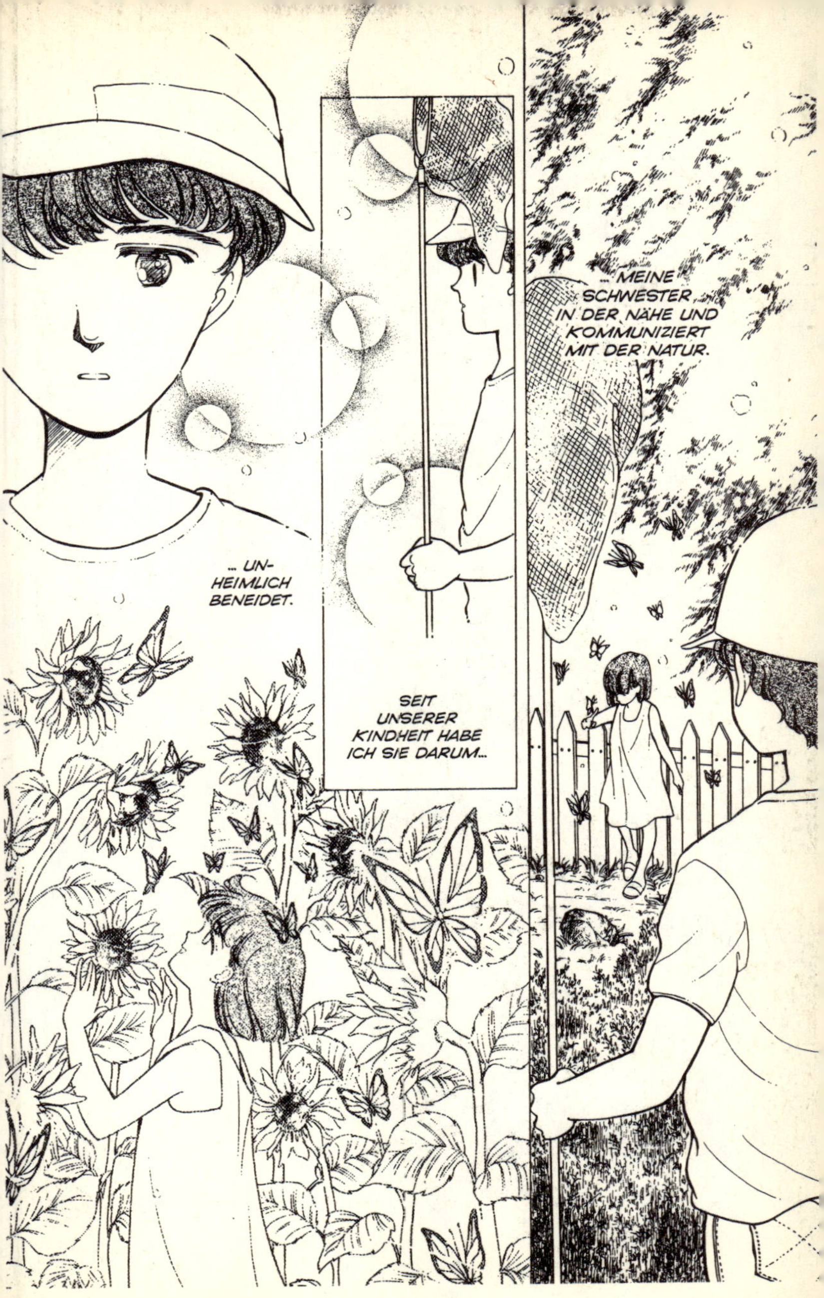
... MEINE SCHWESTER IN DER NÄHE UND KOMMUNIZIERT MIT DER NATUR.
SEIT UNSERER KINDHEIT HABE ICH SIE DARUM...
... UN-HEIMLICH BENEIDET.

BLA
BLA
BLA
GUTEN MORGEN!
HABT IHR SCHON GEHÖRT?
JA, DER JUNGE IST WIEDER BEI BEWUSSTSEIN, HEISST ES...
...
... MEINT IHR NICHT ...
... DASS WIR UNS GANZ SCHÖN ...
... KINDISCH AUFGEFÜHRT HABEN ...?
SAKAGUCHI-SAN ...
... WAR IMMER ...
... GANZ ALLEIN ...

ABER ...
BLA
BLA
... SICH JETZT PLÖTZLICH VERTRAGEN ZU WOLLEN, WEIL DER JUNGE WIEDER ZU BEWUSSTSEIN GEKOMMEN IST...
... WÄRE DAS NICHT IRGENDWIE SEHR OBERFLÄCHLICH VON UNS?
HMM ...
ABER DES-WEGEN ...
ABER DESWEGEN BIS IN ALLE EWIGKEIT SO WEITERZUMACHEN...
... WÄRE DOCH WIE MOBBING, DABEI FÜHLE ICH MICH SCHLECHT.
WIE? MOBBING ...
... DAS IST DOCH KEIN MOBBING ...
WIR HABEN UNS SCHLIESSLICH NICHT ABGESPROCHEN, UNS SO ZU VERHALTEN!
KLAR IST DAS MOBBING!
HE HE HE
WER HAT DENN STÄNDIG SCHLECHT VON SAKAGUCHI-SAN GESPROCHEN!?
DAS IST DOCH JETZT EGAL! JEDER!
WIR HABEN SIE ALLE GESCHNITTEN UND SIND ALLE MITSCHULDIG!

STILLE
……
SIE WAR GANZ NEU AN DER SCHULE...
... UND BESTIMMT UNSICHER ...
WO ...
... MAG SIE WOHL IHR LUNCH GEGESSEN HABEN?
STILLE...

ALSO ...
... WARUM ENTSCHULDIGT IHR EUCH NICHT ALLE ?
ENTSCHULDIGT EUCH DOCH ALLE ...
... FÜRS ERSTE.
IST DOCH NICHTS DABEI, ODER?!
SSAAP
IST JA GANZ EINFACH! GENAU! WIR ENTSCHULDIGEN UNS ALLE! DAS IST ES! DAS IST PUBERTÄT!
HEUL
HEUL
ABER ABER, YOSHIKAWA-KUN! ICH BIN DOCH VERHEIRATET!
I wanna be daylight in your eyes...
....
Wuahahahaha, die Pubertät, hä?

Uwaaah!
HETZ
HETZ
HETZ
HETZ
ICH HALT´S NICHT AUS! WIESO MUSS ICH IMMER NUR AN SOLCHEN TAGEN VERSCHLAFEN...!
WENN ICH IN DER KLASSE BIN... HABE ICH NOCH 5 MINUTEN BIS ZUR VERFÜGUNGSSTUNDE...!
ICH WILL DEN KAMELIEN IM INNENHOF UNBEDINGT NOCH HEUTE MORGEN DIE GUTE NACHRICHT BRINGEN UND MICH BEDANKEN...!!
DING DONG DING DONG
... JA.
ICH WERDE SO SCHNELL ICH KANN AUF DEN INNENHOF RENNEN.
... OH!

HEY … HEY!
SIE KOMMT!
WAS SOL-LEN WIR TUN?
WA … … WAS SCHON!
W…
WIR ENT-SCHUL-DIGEN UNS!
JA.
OH … … SIE LÄUFT WEG!
A… ACH-TUNG, FER-TIG, …
SAKA-GUCHI-SAN, ES TUT UNS LEID! GUTEN MORGEN!!

EIN BISSCHEN GESCHWÄTZ
TEIL 6

Worüber ich erstaunt war, ist, dass ich Briefe von Leuten bekommen habe, die wirklich mit Blumen und Bäumen reden können.
Es gibt sie...!!
Dabei gab es sowohl solche, die tatsächlich in wörtlicher Rede mit ihnen sprechen, als auch solche, die sich wie Alice weniger mit Worten, als vielmehr durch Telepathie mitteilen.
Es scheint sogar Bäume zu geben, die aus der Vergangenheit erzählen...
Hmm, beneidenswert, oder doch nicht...?
Es muss hart sein, in der Großstadt die Schreie der Pflanzen hören zu können, doch in Wirklichkeit ist es scheinbar so, dass sie überhaupt keine Regung zeigen. Offenbar so, als ob sie nur noch vor sich hin vegetieren.
Als ich diesen Satz las, hat es meinem Herzen einen kleinen Stich versetzt...
Was soll man bloß tun...?

ICH HÖRE STIMMEN...
DIE KAMELIEN...
... RUFEN MIR VOM INNENHOF ZU...
"WIE SCHÖN, NICHT WAHR?"
"WIE SCHÖN..." JA...

AHA?
NA ... ... IST DOCH WUNDERBAR!
DANN IST ES JA NUR LOGISCH ...
... DASS SIE HEUTE IHR LUNCH NICHT HIER ISST.
JA ...
SIE SITZT JETZT GERADE MIT DEN MÄDCHEN IM KLASSENZIMMER UM DEN ESSTISCH HERUM.
NUN, DANN SIND WIR...
... HEUTE JA GANZ ALLEIN, WAS ... ... GYOKURAN!?
SO IST ES, ENJU.

WUAHAHAHAHA
Alter Scherzkeks!
DING DONG
KLACK
JA?
... OH!
NA SO WAS ...
... BITTE, KOMMEN SIE DOCH HEREIN ...!
VERBEUG
VERBEUG
VIELEN DANK, WENN ICH DARF...
WANN WIRD RIN-KUN WIEDER ZUR SCHULE...
ICH WERDE IHN AB ÜBERMORGEN WIEDER ZUR SCHULE GEHEN LASSEN.

AHA? ACH ...
... ES IST WIRKLICH SOLCH EIN GLÜCK!
VORÜBERGEHEND WUSSTEN WIR JA NICHT MEHR, WIE ES AUSGEHEN WÜRDE, ES WAR ZU...
JA...
AH, ENTSCHULDIGEN SIE BITTE, ABER ...
... GEHT ES HEUTE WIEDER UM...?
NUN, DAS ...
... WIE SOLL ICH ES SAGEN ...
ÄHM... ES IST MIR NÄMLICH AUSGESPROCHEN UNANGENEHM, DAVON ZU SPRECHEN, ABER...
?
... WAS DENN ?
ICH ÄH ...
... RIN...
TATSÄCHLICH ...
... HAT ER GESTERN ABEND FOLGENDES ZU MIR GESAGT.
"ICH MÖCHTE ALICE-CHAN ...
... UNBEDINGT ZUR FRAU HABEN."
... STELLEN SIE SICH VOR ...

Wie bitte ...?!
UND NUN ...
... WEISS ICH NICHT, WAS ICH TUN SOLL UND ...
VERBEUG VERBEUG
... WOLL-TE DES-WE-GEN ...
... UM IHREN RAT BITTEN ...
... WENN MÖG-LICH ...

**VOLKSTÜMLICHES ESSEN, BEI DEM AUF SPIESSE GESTECKTE EIER, FLEISCHSTÜCKE, WURZELGELEE USW. IN BRÜHE GEGART WERDEN

EHER FÜHLE ICH SOGAR SO ETWAS WIE LIEBE.
OH, ALICE, WIE BIST DU DOCH GEREIFT...
SAAP
RI-KUUUUUUN!
WANN GEHST DU DENN WIEDER ZUR SCHULE?
TADAA
SHLL
SHLL
SHL
HI, ALICE!
AB ÜBERMORGEN!
DU SCHEINST JA ZIEMLICH GUT GELAUNT ZU SEIN!
SCHMATZ SCHMATZ
SHLL SHLL
JA, WEIL ICH MICH SO UNHEIMLICH FREUE...
WIRKLICH? DA BIN ICH ABER FROH...
ALSO, DANN HAST DU WOHL DEIN OKAY GEGEBEN WEGEN DIESER SACHE.
STRAHL STRAHL

... ÄH? WELCHE SACHE?
KEINE SORGE, ICH WILL DICH NICHT ÄRGERN.
RASCH RASCH
SCHMATZ SCHMATZ
BITTE BÜCK DICH MAL.
ICH TU MEIN KAU-GUMMI AUCH WEG...
RASCHEL
?
BEUG DICH NOCH EIN BISS-CHEN TIEFER BITTE.
SCHMATZ

ZOOOM
DU BRAUCHST NICHT PANISCH ZU WERDEN!
HI HI
Schau!
KEINE SORGE! ICH HAB EXTRA SPEARMINTGUM GEKAUT, WIE SICH'S GEHÖRT!
ICH...
ICH HABE MICH IN DICH VERLIEBT, ALICE-CHAN..
VERLEGEN
ZAUDER
SSAP

BEURK
Tschühüss, meine zukünftige bessere Hälfte!
Na dann!
SHLL
SHLL
SHLL
ABER...
... UH...
MÖGLICHERWEISE...
UND WENN, WAS SOLL ICH DANN TUN?
WA... WAS IST NUR IN DIESES KIND GEFAHREN...
EI...EINFACH UNBEGREIFLICH...
AM ENDE...
... HAT ER SICH DEN KOPF AN EINER SCHLIMMEN STELLE GESTOSSEN...

SCHOCK!
DAS WAR MEIN...
... ERSTER KUSS!!!
ACH ...
... ALICE!
DA BIST DU JA.

N JAPAN WERDEN DIE KINDER DAZU ANGEHALTEN, SICH NACH DEM NACHHAUSEKOMMEN DEN MUND SZUSPÜLEN – SOLL VOR INFEKTIONEN SCHÜTZEN.

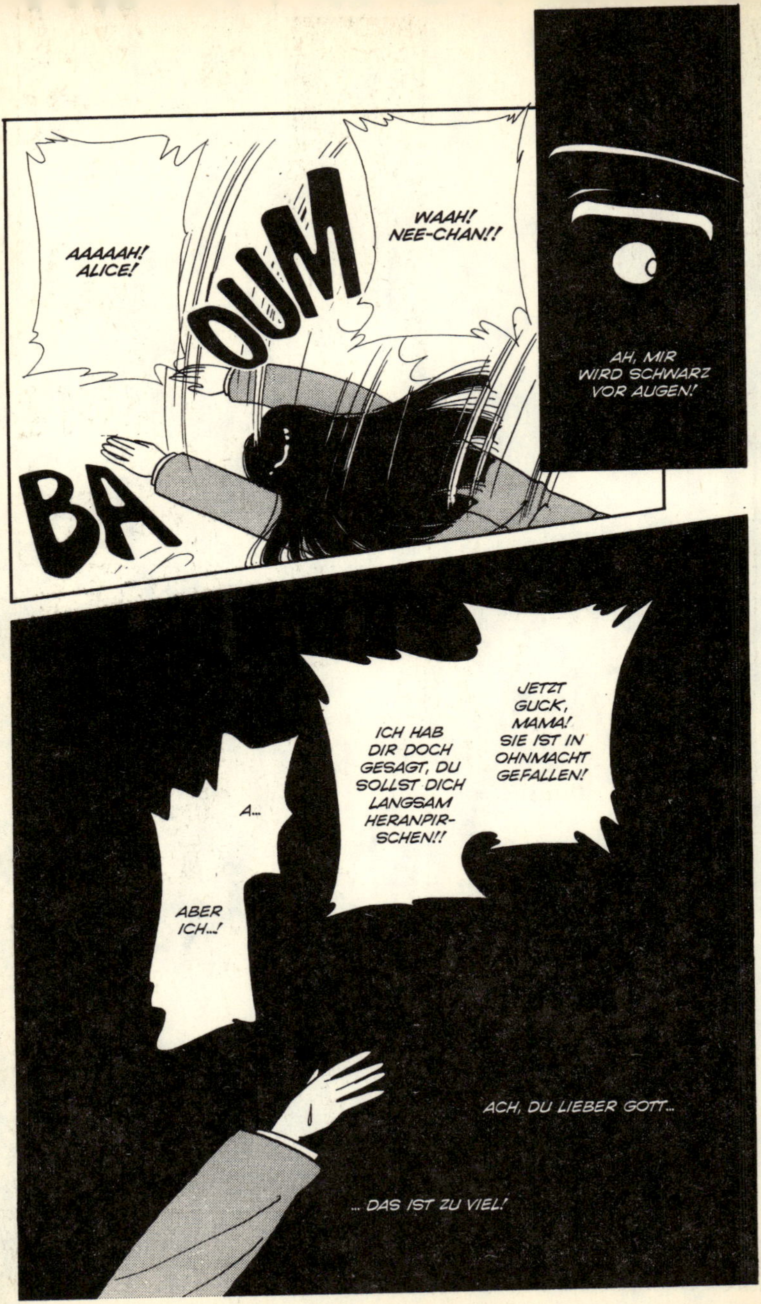
WAAH! NEE-CHAN!!
AAAAAH! ALICE!
BA OUM
AH, MIR WIRD SCHWARZ VOR AUGEN!
JETZT GUCK, MAMA! SIE IST IN OHNMACHT GEFALLEN!
ICH HAB DIR DOCH GESAGT, DU SOLLST DICH LANGSAM HERANPIR-SCHEN!!
A...
ABER ICH...!
ACH, DU LIEBER GOTT...
... DAS IST ZU VIEL!

... DAS IST WIRKLICH ZU VIEL...
...
KUREN
...!

MOKU-
REN!!

... NANU ...?
WO... WO BIN ICH?
WAS IST MIT MIR PASSIERT?
DU... DU HAST DAS BEWUSSTSEIN VERLOREN! WIE FÜHLST DU DICH?
ACH, SO WAR DAS?
JA, GENAU!
DU BIST AUF DER TREPPE GESTOLPERT UND GESTÜRZT ...
ICH HAB MIR SORGEN GEMACHT!
LIEBE GÜTE... WAS BIST DU NUR FÜR EINE TAGTRÄUMERIN...
ABER MIR SCHEINT NICHTS PASSIERT ZU SEIN.
SCHAU NUR... MEINE HAARE SIND EIN BISSCHEN UNORDENTLICH...
JA ...? NA DANN ...
... IST ES JA GUT ...
EIN SPIEGEL ...
... ICH BRING MEINE HAARE IN ORDNUNG, WARTE MAL EBEN ...

...NANU?
SAG MAL, SHION, HABE ICH IMMER SCHON SO AUSGESEHEN?
...IST ALLES IN ORDNUNG, MOKUREN?
HAST DU DIR VIELLEICHT DEN KOPF GESTOSSEN?
ABER NEIN, SHION! ICH BIN MOKUREN, NICHT "MOKUREN"! BITTE SPRICH ES RICHTIG AUS!

DU BIST VIELLEICHT JAPANOPHIL!
JA, GENAU!
ICH BIN JAPANOPHIL!
DU, SHION ...
ALS ICH OHNMÄCHTIG WAR, HATTE ICH EINEN TRAUM!
DER WAR WIRKLICH LUSTIG!
ICH WAR EIN ERDLING! UND NOCH DAZU AUS JAPAN ...
... EIN MÄDCHEN.
ICH WAR SCHWARZHAARIG!
HIHI ...
... ICH HATTE EINE PLATTE NASE, TOTAL NIEDLICH!

ICH HATTE FREUNDE UND WAR EINE HEULSUSE.
ICH WAR VON NATUR UMGEBEN ...
... ICH FÜHLTE JENE ATMOSPHÄRE.
UND ...
... ICH WAR FASZINIERT, ALS MIR MEINE FREUNDE VON MIR, MOKUREN ...
... ERZÄHLTEN. MERKWÜRDIG!
... WUNDERSCHÖN, NICHT ...?!

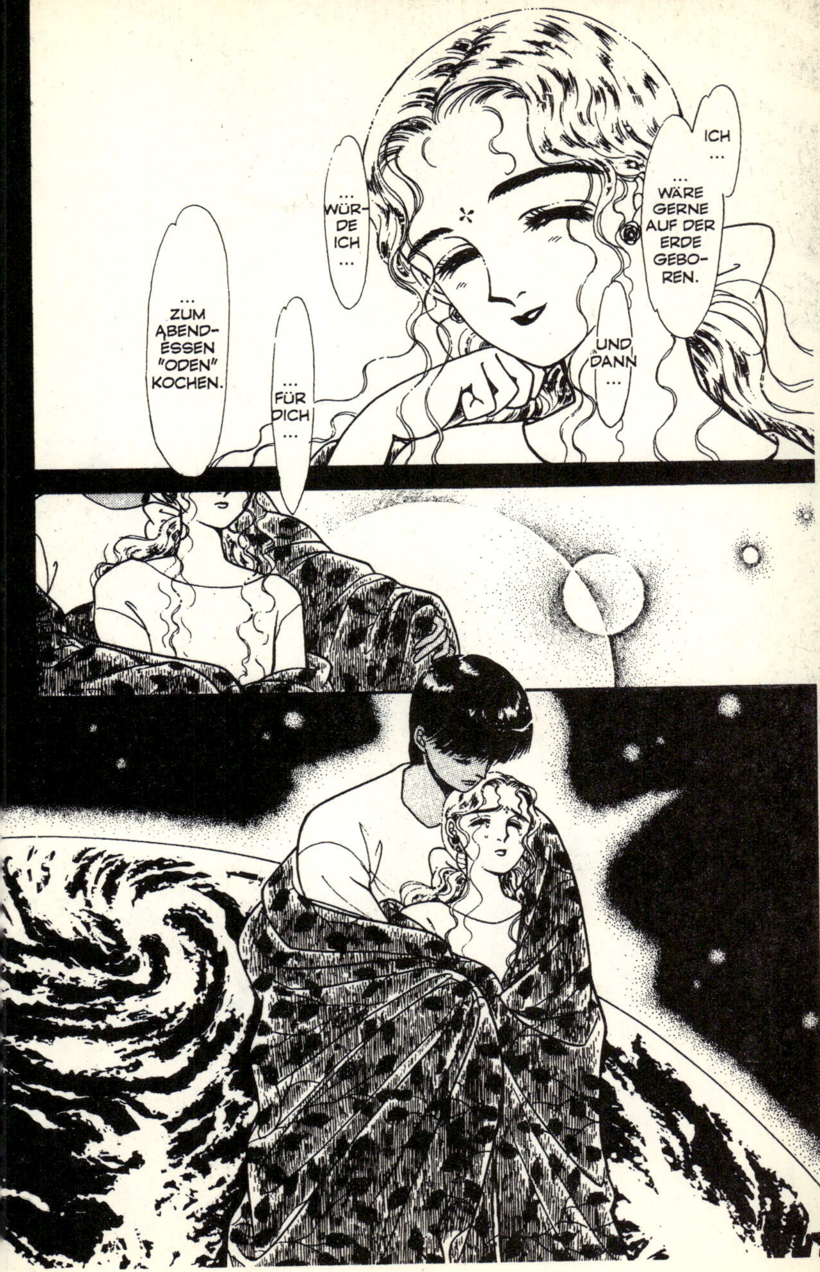
ICH ...
... WÄRE GERNE AUF DER ERDE GEBOREN.
UND DANN ...
... WÜRDE ICH ...
... FÜR DICH ...
... ZUM ABEND-ESSEN "ODEN" KOCHEN.

WIR ...
VON HIER AUS ...
... BE TRACH-TEN WIR DIE ERDE ...
PITSCH
NEE-CHAN!
NEE-CHAN, ALLES OKAY?!
PITSCH
NEE-CHAN!!
PATSCH!

GE... GEHT'S DIR GUT ... ... ALICE ?
....
... UHUMM ...
TAUMEL
DRÖÖÖÖÖHN
...
... WEISST DU NOCH, WORÜBER IHR...
... GE-SPROCHEN HABT, NEE-CHAN?
SCHLINGER
... WA ?

EIN BISSCHEN GESCHWÄTZ

TEIL 7

Es mag daran gelegen haben, dass ich wegen der Großstadtbäume so traurig war, jedenfalls haben vorgestern in meinem Traum die Bäume und Blumen in der Nähe meiner Wohnung alle zusammen ein Lied gesungen. Wow, sie singen, sie singen! Vor lauter Begeisterung bin ich aufgewacht. Apropos, in Disneys "Alice im Wunderland" gab es doch eine Szene, in der die Blumen singen, oder? In letzter Zeit scheint es eine Alice-Mode zu geben... Sie taucht häufiger mal als Sonderthema in Zeitschriften auf. Vergesst auch meine Alice nicht! Wahahaha...
Also, ihr alle, steht mit beiden Beinen fest auf der Erde, greift nach den Sternen und bleibt auf alle Fälle gesund und munter, ja?!!
Macht´s gut!
Auf Wiederseeeeeehn! ♡
13.5.1987

WAS?
ICH BIN TOTAL MÜDE, ICH STERBE.
WURSCHTEL
WURSCHTEL
BLAM
NANU...?
ICH... BIN AUF EINMAL FURCHTBAR TRAURIG.
NANUUU?
WARUM DENN NUR?! WARUM DENN NUR?!
PLOP
PLOP

Egal, ich weiß zwar nicht warum, aber ich wein einfach!
WUAAAAAAAH
BAM
UWAAAAAH UWAAAAAH
……
SIE HÄLT WOHL ABSOLUT NICHTS DAVON, WAS ...!?
HICK SCHNEUZ
UH-HUMM ...
DU, RIN ...
WEGEN UNSERER NACHBARIN, ALICE-CHAN ...
WÄRE ES NICHT DOCH BESSER, WENN DU ERST EIN BISSCHEN GRÖSSER WÜRDEST?

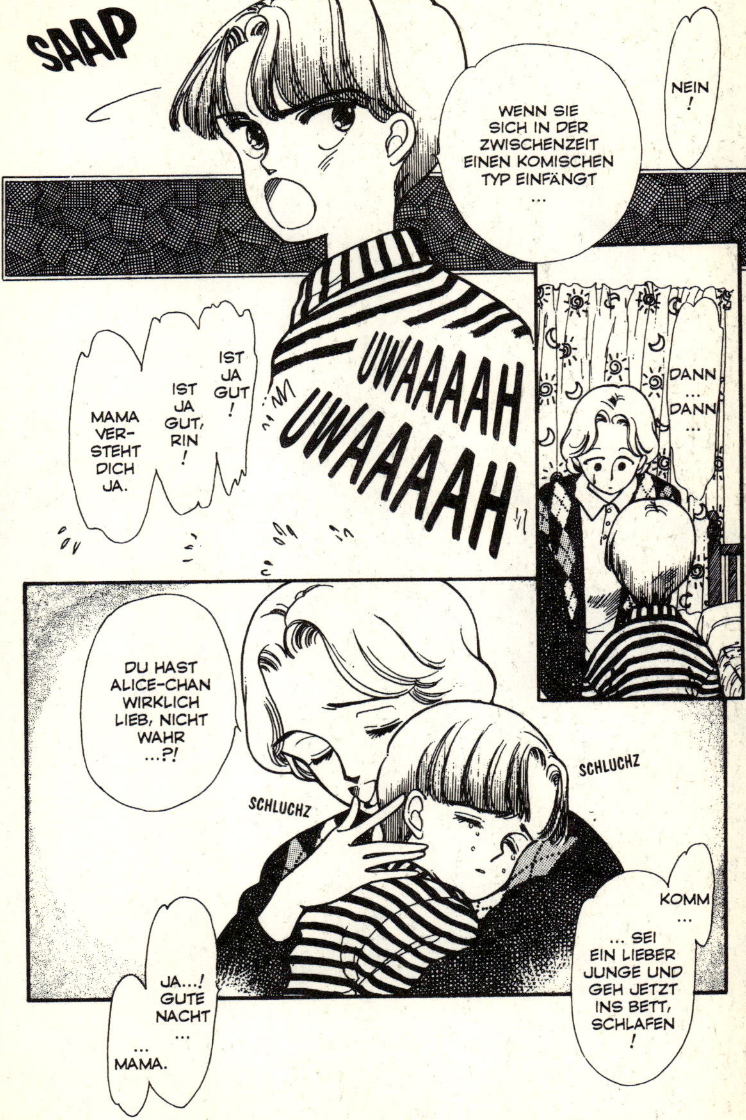

NEIN!
WENN SIE SICH IN DER ZWISCHENZEIT EINEN KOMISCHEN TYP EINFÄNGT ...
SAAP
DANN ... DANN ...
UWAAAAAH UWAAAAAH
IST JA GUT!
IST JA GUT, RIN!
MAMA VER-STEHT DICH JA.
KOMM ...
... SEI EIN LIEBER JUNGE UND GEH JETZT INS BETT, SCHLAFEN!
SCHLUCHZ
SCHLUCHZ
DU HAST ALICE-CHAN WIRKLICH LIEB, NICHT WAHR ...?!
JA...! GUTE NACHT ... ... MAMA.

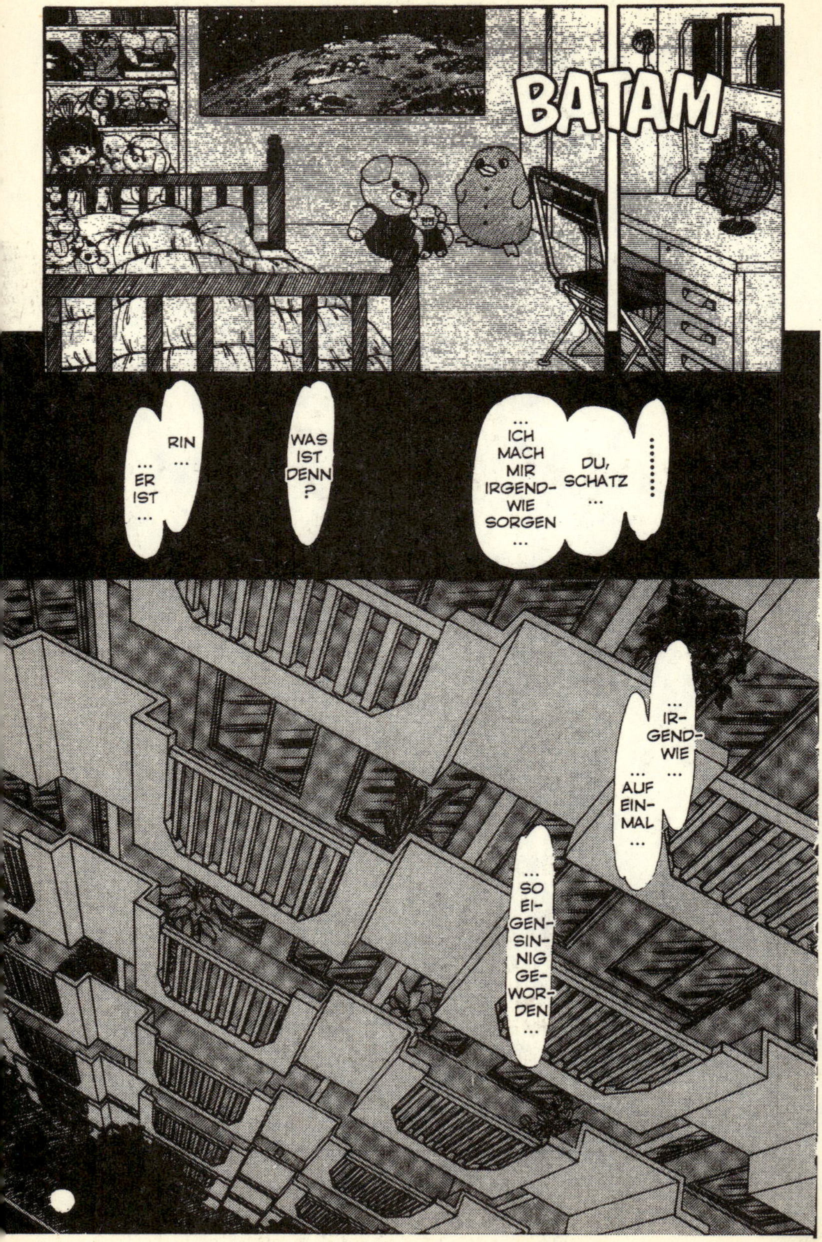
BATAM
....
DU, SCHATZ ...
... ICH MACH MIR IRGEND-WIE SORGEN ...
WAS IST DENN ?
RIN ...
... ER IST ...
... IR-GEND-WIE ...
... AUF EIN-MAL ...
... SO EI-GEN-SIN-NIG GE-WOR-DEN ...

HMM
KLACK
01:30
HEP

22 UHR!
HEHE
STOPP!

BOMBEN PFIRSICH
VROOOM
TUUUUT
VROOOM
... GH!
WARHUNG!
DU SOLLTEST DICH
BESSER MIT S-KU
INFREUNDEN
WAS IST DENN LOS, TAKA-SHI...
... ZIEHST EIN GESICHT ...
FETZ FETZ
JETZT REICHT MIR DER BLÖDSINN ABER!
WAS DENN ?

VROOOM
TUUUT
VROOOM
WIEDER EINE UNGLÜCKS-BOTSCHAFT?
AH AH
Idiot!
KLAPPE!
DAS REGT MICH AUF! DAS IST SCHON DER ZEHNTE!
CHEF! MEINST DU NICHT, DASS DICH DIE SÜDGANG DAMIT ÄRGERN WILL?

EY ...
EIN KIND.
DA SPIELT EIN KIND, MITTEN IN DER NACHT!
HÄ?
DA IST NICHTS.
TAKASHI ...
WAS IST LOS, CHEF ...
... BIST DU NICHT GANZ WACH?
VERDAMMT! DA GIBT'S ÜBERHAUPT NICHTS ZU LACHEN, SCHEISSE!
VROOOOM
VROOOM
TSCHÜS ...
...TAKASHI!
CIAO!!
VROOOM

HAH
VROOOM

VROOO
VROOO
PASS DOCH AUF, DU VOLLIDIOT!
VROOO
!?
SHRAA
SLATCH
SHRAA

MUOOOOO...
VROOOM
FLAP FLAP
FLAP
D...DIE BREMSE ...!
SIE FUNKTIONIERT NICHT ...!!
FLAP
FLAP
FLAP
FLAP
DAS BIKE... BEWEGT SICH WIE... WIE VON ALLEIN...!
VROOOM
FLAP FLAP
FLAP

HIIIIIII
HUUUUP
FLAP
FLAP
FLAP
FLAP
DIE ZEI-TUNG ...!
HI... HILFE ...! DIE Z...!
VRAOUM
VRAOUM
VRAOUM
VRAOUM

!?
PAF
VROOOM
VRAOUM
HELFT MIR!
HI... HIL-FEEE!
VRAOUM
ZU HIL-FE!
VRAOUM
FLAP
Trinken Sie Wasser

VRRR
SHPLAASH
SHPLOOSH
UH...
UH...

... ANGST?
AH!
RAAAAAAAAA...!
UWAAAAAAH!
AAAAAAAAH!
AAAAAAAAAH!
HI HI

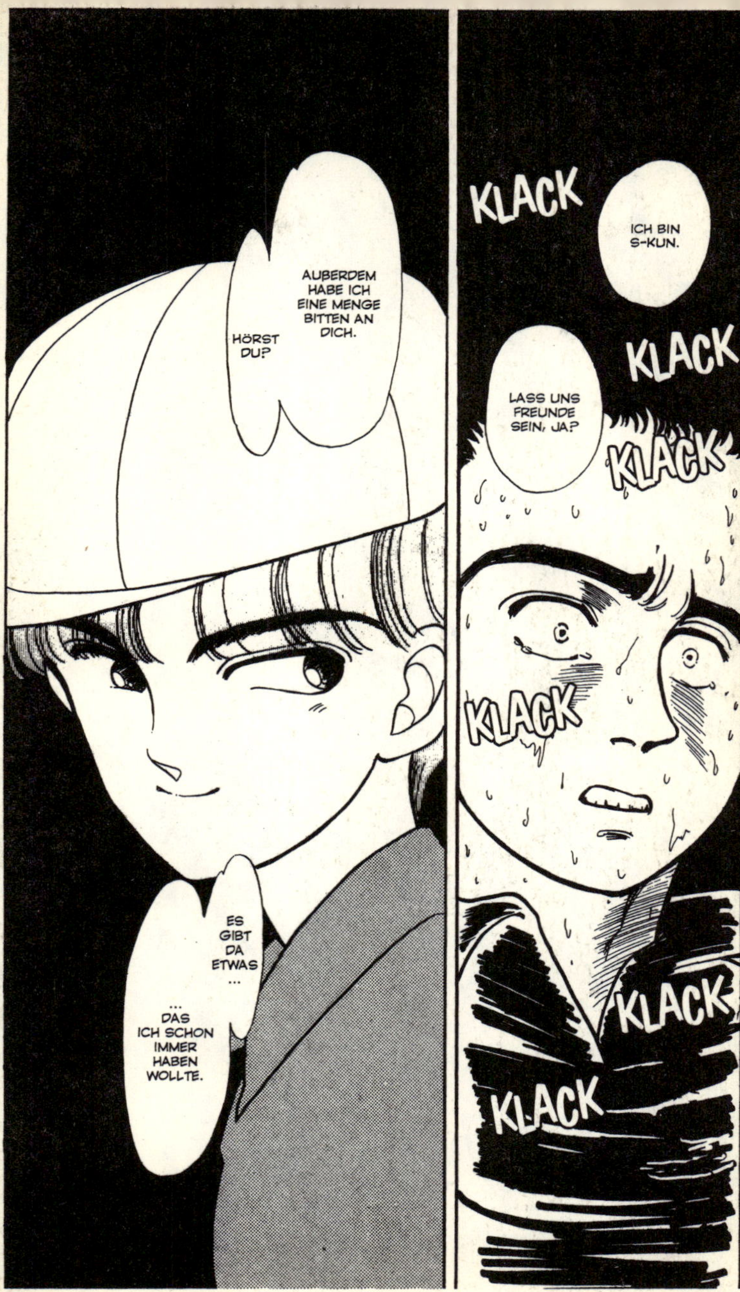
KLACK
ICH BIN S-KUN.
KLACK
LASS UNS FREUNDE SEIN, JA?
KLACK
KLACK
KLACK
KLACK
AUßERDEM HABE ICH EINE MENGE BITTEN AN DICH.
HÖRST DU?
ES GIBT DA ETWAS ...
... DAS ICH SCHON IMMER HABEN WOLLTE.

DEN TOKYO TOWER !
KANNST DU ...
... MIR DEN BITTE HOLEN ?

PLEASE SAVE MY EARTH 1 / ENDE

www.anime-virtual.de
Anime Virtual GmbH
Waldstr. 23 D 5
D-63128 Dietzenbach
Tel (06074) 820-858
-Mail Animevirtual@t-online.de
Anime Virtual SA
rue des Alpes 36
CH-1023 Crissier
Tel (021) 636 17 25
Mail info@anime-virtual.ch
© 2001 Anime Video © 1993, S. Hiwatari/Hakusensha/JVC Victor
Reinkarnation
PLEASE SAVE MY EARTH
Reinkarnation
PLEASE SAVE MY EARTH
MUSIKCLIPS
MIT UNVERÖFFENTLICHTEN
BILDER + KARAOKE
REINKARNATION – PLEASE SAVE MY EARTH • FSK 12 •
3 KASSETTEN MIT JE 2 EPISODEN: 50 MIN. LAUFZEIT JE
1 KASSETTE MIT DEN VIDEOCLIPS: 35 MIN. LAUFZEIT
2 DVD's: 6 EPISODEN UND VIDEOCLIPS DEUTSCH UNTERTITELTE FASSUNG

HALT

Dieser Comic beginnt nicht, wie man erwarten würde, auf dieser Seite! »Please Save My Earth« ist eine japanische Serie, und in Japan wird von »hinten« nach »vorn« gelesen. Weil wir bei Carlsen die Manga so originalgetreu wie möglich vorlegen, werden die Geschichten von Alice und den anderen Mondträumern auch auf Deutsch so erscheinen wie ursprünglich in Japan. Man muß diesen Manga also »hinten« aufschlagen und Seite für Seite nach »vorn« weiterblättern. Auch die Bilder auf jeder Seite und die Sprechblasen innerhalb der Bilder werden von rechts oben nach links unten gelesen – so wie in der Grafik gezeigt. Wer's ausprobiert, merkt schnell, daß das gar nicht so schwer ist wie man denkt. In diesem Sinne: Viel Spaß mit »Please Save My Earth«!

CARLSEN COMICS
1 2 3 4 5 05 04 03 02
Deutsche Ausgabe/German Edition
© Carlsen Verlag GmbH • Hamburg 2002
Aus dem Japanischen von Antje Bockel
Boku no Chikuyuu wo Mamotte by Saki Hiwatari
© Saki Hiwatari 1986
All rights reserved
First published in Japan in 1987 by HAKUSENSHA, INC., Tokyo
German language translation rights in Germany arranged with
HAKUSENSHA, INC., Tokyo through TOHAN CORPORATION, Tokyo
Redaktion: Petra Lohmann
Textbearbeitung: Ina Schiele
Lettering: Manuel Clavel
Herstellung: Constanze Hinz
Druck und buchbinderische Verarbeitung:
Norhaven A/S (Viborg, Dänemark)
Alle deutschen Rechte vorbehalten
ISBN 3-551-75531-0
Printed in Denmark

www.carlsencomics.de

ZUM ERSTEN MAL IN EINEM MAGAZIN!

JEDEN MONAT NEU! 252 SEITEN MANGA SATT!

DIE COOLSTEN HELDEN AUS JAPAN!

DIE COOLSTEN HELDEN AUS JAPAN
JEDEN MONAT NEU! 252 SEITEN MANGA SATT!
BANZAI!
www.banzai-online.de
DAS MANGA-MAGAZIN
CARLSEN COMICS
SANDLAND © 2000 by BIRD STUDIO / SHUEISHA Inc. • HUNTER X HUNTER © 1998 by Yoshihiro Togashi / SHUEISHA Inc.
NARUTO © 2000 by Masashi Kishimoto / SHUEISHA Inc. • D.N.A. 2 ©1993 by Masakazu Katsura / SHUEISHA Inc. • ONE PIECE © 1997 by Eiichiro Oda / SHUEISHA Inc.
BANZAI! DAS MANGA-MAGAZIN

D·N·ANGEL
Können diese Augen lügen???
W0350026
D.N.Angel
Band 1
Sugisaki
Taschenbuch, s/w, 176 Seiten,
DM 9,95,
ab 01.01.2002: € (D) 5,–
© Yukiru SUGISAKI 1997
D·N·ANGEL
Magical-Boy-Manga bei Carlsen
MANGA
www.carlsencomics.de
CARLSEN COMICS
Erhältlich im Buchhandel, Bahnhof und in Comicshops.